Bibliografische Information der Deutschen Nationalbibliothek:

Die Deutsche Nationalbibliothek verzeichnet diese Publikation in der Deutschen Nationalbibliografie; detaillierte bibliografische Daten sind im Internet über http://dnb.dnb.de abrufbar.

© **Liz Corneel, 2015**

Herstellung und Verlag:
BoD–Books on Demand, Norderstedt
ISBN 978-3-7386-5256-7

Über die Autorin:
Liz Corneel, in den besten Jahren, schreibt seit vielen Jahren Anekdoten und veröffentlicht hiermit ihr erstes Buch.

HAPPY BURNOUT

Vorwort

Die Reise beginnt!
Burnout, Rehabilitation! Zwei Begriffe, die mir heute ein Lächeln auf die Lippen zaubern!
Was ist Burnout überhaupt? Gibt es das wirklich?
Oder haben wir nur den Humor verloren?
Ernsthaftigkeit und Verzweiflung beiseite!
Vorhang auf für Frohsinn und Spaß am Leben!
Das ist die Devise!
Mit einer gehörigen Portion Selbstkritik, Sarkasmus und Ironie, sämtliche „Du bist krank!"-Kommentare betrachten und sich selbst erleben und gut finden!
Mein Dank geht an meine Familie, insbesondere meine Kinder, und an meine Freunde, die mich so behalten wollen, wie ich bin!
Und so will ich auch bleiben!
Wir alle haben unsere Macken und Besonderheiten!
Diese gehören zu uns und sind liebenswert.

Liebe Kathleen,

Du bist zwar gerade erst fortgefahren, doch die heutige doppelte Dosis Kaffee führt beinahe zwingend dazu, mich an einem Brief an Dich auszutoben. Zum Glück wird der Klinikarzt nichts davon erfahren. Du wirst mich wohl nicht verpetzen, oder etwa doch? Bitte nicht, sonst bekomme ich noch einen Eintrag ins Klinikbuch, und so weit möchte ich mein vorbildliches Auftreten nun doch nicht zurückschrauben, dass ich geistig wieder in der siebten Klasse lande!

Da ich keinen Collegeblock oder ähnliche Blöcke zur Verfügung habe, erweise ich Dir die Ehre, ein paar Blätter aus meinem Tagebuch zu reißen. Die Seiten für die nächsten Tagebucheinträge habe ich abgezählt und dann errechnet, dass für Dich immerhin noch 40 Seiten zur Verfügung stehen. Ich hätte auch das Briefpapier aus meiner Mappe nehmen können, aber die Seiten sind klein und 10 Seiten mit Briefumschlag kosten 10 Euro. Für das Geld könnte ich schon fast jemanden engagieren, um meine Reha-Memoiren zu schreiben. Außerdem braucht es heutzutage erhebliche Anstrengungen, um ordentliches, schönes Briefpapier aufzutreiben!
Nun gilt es noch, in diesem kleinen Örtchen an einem großen See einen geeigneten Briefumschlag für die vielen Zeilen an Dich

aufzutreiben. Wahrscheinlich gibt es die Umschläge nur im Zehnerpack! Das werde ich dann aber auch ausnutzen und Dir alle schicken, in jedem ein paar Blättchen. Hmmm...!? Wenn ich es mir recht überlege, wäre ein Päckchen womöglich günstiger, es kommt auf das Porto an. Das Porto nach England ist teuer! Warum musstest Du auch unbedingt dorthin ziehen? Verräterin!
Als gute Kauffrau werde ich alles knallhart durchkalkulieren! Da kannst Du mal sehen, wie viel Überlegungen Du mir wert bist!
Anderen würde ich diese Menge an Geschreibsel als Flaschenpost zusenden oder an einen Luftballon hängen und darauf hoffen, dass irgendein Trottel es aufnimmt, den Briefumschlag kauft, ca. 50 Briefmarken draufklebt und es an Dich abschickt.
Meine Güte, deshalb also schreiben die Leute heute E-mails!
Obgleich es nicht erklärt, warum in E-mails nur noch abgehackte Sätze stehen oder Blümchen, Herzen, Smileys usw. anstelle von Wörtern.
Wenn es nichts kostet, kann doch erst recht mehr geschrieben werden!
Die Welt ist verrückt!
Nun schau doch mal, wie viele Gedanken und Sätze bereits in der Versandüberlegung stecken.
Und das ist doch wohl keineswegs unwichtig!

Vorab möchte ich mich für etwaig unsaubere Schrift entschuldigen. Ich werde auf dem Bett liegend schreiben oder so wie jetzt mit

geknautschten Beinen im Sessel. Naja, die Gebrechen fangen erst mit 50 Jahren an, da habe ich noch zwei Wochen Zeit, also schneller schreiben!
Vielleicht versuche ich auch mal im Stehen zu schreiben, das tue ich hier nämlich am Wenigsten, also „stehen" meine ich. Hoffentlich falle ich bei dieser banalen Übung nicht um, das ist ja etwas für Anspruchslose.
Bitte entschuldige auch Schokoladenflecke, die sich womöglich auf dem einen oder anderen Blatt festigen werden.
Schokolade ist unberechenbar, das kennst Du ja auch. Es beginnt damit, dass eben noch 100 g auf dem Tisch lagen und plötzlich ist sie weg, die Schoki! Man fühlt sich kein Stück satter als vorher und freut sich nur noch über die Tatsache, dass nicht 500 g dort lagen...
Tückisch, sage ich Dir, meine liebe Schokoladenmitgenossin!
Erst kürzlich habe ich in einem Anfall von Schwäche in zusammengeknautschter Sesselhaltung Unmengen an Schokolade vertilgt, in aller Eile, kurz vor einem Termin. Marie, eine Freundin, die ich hier kennenlernte, war so freundlich, mich auf die Schokiflecke an meinem Hintern hinzuweisen. Es gibt neben der unerfreulichen Gewichtszunahme, also auch noch peinliche Auswirkungen!
Übrigens habe ich das alles schon geschrieben, ohne ein Stück Schokolade zu essen. Tapfer, oder? Obwohl....gerade läuft mir das Wasser im Mund zusammen.

Nun denn, bei all meinen Süchten bin ich ganz froh darüber, dass sie mir hier vor allem meine Arbeitssucht abgewöhnen wollen. Bestimmt ist diese der Grund für alle anderen Süchte, ich werde es mir einfach so einreden.

So, wo war ich noch? Ach ja, ich will Dir einen Brief schreiben. Mit dem Vorwort bin ich wohl durch!

Wie bereits bei unserem heutigen Kaffeeklatsch erwähnt, habe ich hier bei meiner Ankunft sofort die „Liz-show" hingelegt. Wir (Tim und ich) fuhren auf das Klinikgebäude zu und ich bat ihn auf der Stelle umzukehren, aber Tim hat gemeint, ich solle wenigstens mal reinschauen. Wie ein störrischer Esel stand ich sodann vor dem Eingang, mit in den Asphalt geschlagenen Absätzen (Du kennst ja meine Stöckelschuhe, die müssen jetzt zum Schuster) und mein lieber Sohn Tim hat Beachtliches leisten müssen, um mich über die Türschwelle zu ziehen. Er war gnadenlos! Dabei hatte er sich schon meinem Verbot, überhaupt zu parken, widersetzt! Dieser Bengel. Dem ziehe ich noch die Ohren lang, seine arme, alte, angeschlagene Mutter setzt er in diesem Heim aus! Es roch überall nach Krankenhaus! In der Lounge saßen seltsame, neugierige Gestalten, nicht ein Mensch sah so aus, als dass ich mich mit ihm gern unterhalten hätte, und alle trugen Turnschuhe!!!! Aber Tim war gnadenlos! Das hat man nun davon! Den Kindern jahrelang den Popo abgewischt, sie gefüttert, hin- und hergefahren, sich von Lehrern allen möglichen Blödsinn angehört usw. usw. Schöne Aussichten.

Und als ich heulte wie ein Schlosshund und um Erbarmen bettelte, fing er an, mir den Speisesaal anzupreisen, der mich an Armenfütterung erinnerte! Dies führte zu einer erneuten, schwereren Heulattacke.
Das Begrüßungskomitee der Klinik reichte mir daraufhin eine riesige Packung Tücher, mit den Worten, dass diese überall in ausreichender Menge herumstehen. „Frau Corneel! Das kennen wir hier!"
Halleluja! Leider hatte ich Tim schon verabschiedet, sonst hätte er mich bei dem darauffolgenden jämmerlichen und bitterlichen Weinkrampf, sicher sofort wieder nach Hause mitgenommen.
Es half alles nichts, die haben mich interniert!
Auf die Schnelle habe ich noch erwähnt, dass ich im Vergleich zu den anderen Neuankömmlingen viel zu wenig Gepäck dabei habe, nur zwei Koffer, einen Kosmetikkoffer, eine Tasche mit Schuhen, ein Korb und eine Plastiktüte und deshalb nicht bleiben kann. Nö! Keine Chance! Saubande, die! Anscheinend ist mir beim Übertreten der Türschwelle jegliche Autorität abhanden gekommen.

Dies zeigte sich auch an dem Terminplan, der mir in die Hand gedrückt wurde. Eine Menge Uhrzeiten mit einer Menge Etagen und Räumen. Und es sollte sofort losgehen! Ich kannte mich erstens nicht aus und zweitens, wie Du weißt, habe ich keine Uhr! In der Firma erinnert mich entweder der Computer oder ein Kollege. Also Brille und Handy (mit Uhrzeit)

raus. „Liz, Du benötigst dringend eine Uhr!"
Das hatte ich zuhause geahnt, aber dazu später.
So sah es erst mal aus:
13.00 Uhr Arzt, 14.30 Uhr Begrüßungsrunde

Ich muss allerdings sagen, dass die Begrüßungsrunde sehr angenehm war. Nicht etwa die Pflegekraft, die uns erklärte, Rauchen sei nur außerhalb des Geländes erlaubt, Alkohol gar nicht (0,5 Promillegrenze). Es werden Tests durchgeführt und eine Abmahnung wird beim Überschreiten der 0,5 Promillegrenze gegeben, im Wiederholungsfall geht es nach Hause. Anwesenheitspflicht um 23 Uhr, bitte keine Kurschatten usw. usw., aber das Pflegepersonal steht uns immer hilfsbereit zur Seite! Lach nicht!
Nein, die nicht, aber alle, die an diesem Tag im April angekommen sind, waren sehr nett! Ein Lichtblick! So habe ich Marie kennengelernt.
Ein Blick zwischen uns und dann:
Marie: „Sag mal, hast Du auch einen Schreck bekommen, als Du ankamst?"
Ich: „Ja! Und wie!"
Marie: „Findest Du die Menschen hier auch seltsam?"
Ich: „Ja!"
Marie: „Ich habe erstmal geheult! Und Du?"
Ich: „Ja, ich auch!"
Marie: „Wollen wir einen Kaffee zusammen trinken?"
Ich: „Ja!"

Hast Du jemals von mir so oft ein „Ja" gehört? Mensch war ich froh, Marie getroffen zu haben! Und so hingen wir dann auch beständig zusammen und auch mit den anderen Mitankömmlingen! Wir wurden zusammen ein festes Team und haben uns am nächsten Morgen einen Tisch im Speisesaal organisiert und in Beschlag genommen. Dazu später mehr!

Moment mal, ich ziehe ins Bett um!

Hier bin ich wieder, bewaffnet mit Schokoladeneiern in Glitzerpapier (noch von Ostern!) Vielleicht bestücke ich dieses Pamphlet auch noch mit ein paar Schnipseln dieses herrlichen, glitzernden, rosa-, blau-, grün- und gelbschimmernden, völlig unnötigen Papierchens. Ich tue alles in meiner Macht stehende, liebste Freundin, um Dein Herz zu erfreuen.

Wo war ich stehengeblieben? Terminpläne, genau! Kaum hatte ich einen Haufen Termine pflichtbewusst und voller Tatendrang absolviert, nahm ich mir das nächste Blättchen vor und bereits der erste Termin darauf, versetzte mir einen Schock, der sogar meine Tränen gefrieren ließ!
6.45 Uhr – jahaaaa!!! – 6.45 Uhr!!! Das allein war bereits grausam! „Leute", dachte ich „Ich bin zur Erholung hier!" Und das bedeutet im Normalfall, bis mindestens 10.00 Uhr im Nachthemd rumzulaufen!
Aber dann kam es: Blutabnahme! Nicht ich entnehme irgendjemandem sein Blut, sondern die entnehmen mir mein Blut!!!
Schreck lass' nach! Ein paar Sekunden lang schoss mir durch den Kopf, lieber nicht zu duschen usw., sondern tatsächlich im Nachthemd den Termin wahrzunehmen. Erfahrungsgemäß – und so war es auch – zapfen die einem nämlich so ungefähr alles

Blut ab, das in einem Körper fließt, zumindest fühlt es sich so an, an die vier bis sechs Liter. Und wenn ich dann schon deswegen ins Krankenhaus transportiert werden muss, dann doch am besten gleich im Nachthemd, sonst habe ich wieder Malesche damit, jemanden zu finden, der mir mein benötigtes Zeug bringt. Vielleicht gleich noch die Zahnbürste und Zahnpasta mitnehmen. Sicher ist sicher! Tim z.B. bringt mir die Zahnbürste ins Krankenhaus, aber vergisst die Zahnpasta, so letztes Mal geschehen! Einmal hat er die Unterwäsche vergessen, auf die Schnelle hat er im Supermarkt um die Ecke, es war kurz vor Ladenschluss, ein paar Slips gekauft, die ich dann noch kurz im Waschbecken ausspülen konnte, und es waren keine Stringtangas, sondern die Marke „Liebestöter"! Wie Du weißt, kommt in einem Krankenhaus bei jedem Besuch der Schwestern und der Ärzte der Slip zum Vorschein, weil dauernd jemand auf dem Bauch rumdrücken will. Toll! Und dann habe ich ein Zelt an! Ich nehme an, Du kannst meinen Horrorvorstellungen folgen!
Noch schlimmer ist, dass Tim so überlebenswichtige Gegenstände wie sämtliches Schminkzeug vergisst und den kleinen Koffer mit allem Notwendigen für meine Haare! Du weißt schon: Haartrockner, 4 Rundbürsten, eine kleine Drahtbürste, ein Kamm, zwei verschiedene Schampoos, Haarkur, Haarfestiger, Haarcreme, Haarspray, Haarspangen usw. Am liebsten hätte ich meinen Friseur Erik immer dabei, der einzige,

der außer mir überhaupt an meine Haare darf! Der war immerhin so lieb und geistreich, mir ein kleines Carepaket mit Haarpflegemitteln hierher zu senden. Auf manche Menschen ist Verlass und die können mein divenhaftes Benehmen verstehen.
So und nun weiß ich auch, warum ich niemals nur mit Handgepäck reisen könnte, denn schon das oben beschriebene Sortiment füllt den Handgepäckkoffer. Und selbst wenn ich mich entschließen könnte, was völlig abwegig ist, auf die 10 Paar Schuhe und die Tonnen an Klamotten zu verzichten, nützt es mir rein gar nichts, weil die 100ml Flüssigkeit, die ich im Flieger mitnehmen darf, bei Weitem überschritten würde.
Wer, in Gottes Namen, hat sich bloß diesen Blödsinn mit dem Handgepäck ausgedacht? Muss ein älterer Herr gewesen sein, der braucht nur ein Paar Schuhe, einen Anzug und Haare hat er sowieso kaum noch auf dem Kopf, sondern in den Ohren und in der Nase! So'n Nasenhaartrimmer passt ja auch in jede Westentasche und fürs Köpfchen reicht ein Stück Kernseife.
Siehst Du! All das, dieses gruselige, grauenhafte, gigantische Drama, wird in meinem Kopf einzig und allein durch den Begriff „Blutentnahme" ausgelöst!
Darauf könnte die Klinikleitung doch kommen und solche Scherzitäten unterlassen, warum nicht nur „Untersuchungstermin" schreiben. Herrschaftszeiten! Die denken sich: „Mit den

Bekloppten in der Klinik kann es gelassen gesehen werden."
Von wegen! Hilflosigkeit machte sich breit und nur zum Spaß (??!!) habe ich den Termin wahrgenommen, geduscht, geföhnt und in anständiger Kleidung. Nur um die zurück zu ärgern, habe ich mir im Sitzen statt im Liegen Blut abnehmen lassen (dabei falle ich üblicherweise vom Stuhl). Und weißt Du was? Nix ist passiert. Absolut nix! Die haben mir ein paar Ampullen Blut abgezapft und ich bin nicht in Ohnmacht gefallen oder irgendwas anders Schreckliches zur Rache, obwohl mein Blutdruck, der zum Glück vor der Blutabnahme gemessen wurde, irgendwo bei 68 zu irgendwas lag.
Trotz zahlt sich halt nicht aus.
Nicht zu vergessen ist, dass ich durch die Aktion des Wiegens endgültig auf dem Boden der Tatsachen gelandet bin. Das Wiegen war nicht angekündigt, endlich ein cleverer Schachzug, denn spätestens das Wort „Wiegen" hätte mich zum Widerstand gebracht. Vor der Klinik wäre ich mit einem Schild mit der Aufschrift „Ich lasse mich nicht wiegen. Jedem sein eigenes Gewicht!" im Kreis herumgelaufen. Es kam so schlimm, wie ich befürchtete. Zuhause stelle ich mich nie auf eine Waage, sondern messe mein Gewicht stets daran, wie viel Mühe ich damit habe, mich in eine Jeans oder einen Rock hineinzuzwängen. Ich werde das Gewicht hier auch nicht nennen, es ist eines der größten Geheimnisse auf der Welt und ich hätte besser

überlegen sollen, als ich die Klinik mit meiner Unterschrift berechtigte, meine Daten elektronisch zu verarbeiten. Das Gewicht lag höher als ich dachte. Kurzerhand habe ich das Gewicht der Turnschuhe, der Hose und des T-shirts abgezogen (lockere 500 Gramm) aber wirklich viel hat das nicht bewirkt. Es bleibt noch das Argument, dass Muskelmasse nun mal viel wiegt, aber ich kann diesen Gedanken, wenn ich sehr ehrlich zu mir selbst bin, nicht weiter verfolgen, denn ich sehe, dass es sich eindeutig um Fett handelt!

Es folgte eine Reihe von Terminen, um Termine für eine Terminvergabe zu besprechen, z.B. beim Bewegungstherapeuten, bei der Ergotherapeutin etc. Diese Vorgehensweise ist mir, Dir vermutlich ebenso, aus dem Berufsleben bekannt. Du fliegst von Hamburg nach Paris, um dort abzusprechen, Dich in New York mit den anderen wiederzutreffen, um Dich dort wiederum auf Hamburg als geeigneten Besprechungsort zu einigen und alle Teilnehmer kommen aus Norddeutschland. So ist es! Es gibt ja Gründe dafür, dass es Unmengen an psychosomatisch Erkrankten gibt. Bei allen Terminen, den Vorterminen und Vorvorterminen war ich noch ganz brav und gelassen, aber dann…..!
Warte mal kurz, denn ich hole den Terminplan, um den Wahnsinn abzuschreiben.

8.15 Uhr
Gymnastik (30 Minuten)

8.50 Uhr
Spaziergang mit Jacke (30 Minuten)
Ok, bloß nicht die Jacke vergessen!

9.30 Uhr
Schwimmen (30 Minuten, Umziehen nicht eingerechnet)
9.30 Uhr bedeutet nicht in der Umkleidekabine, sondern im Schwimmbad! – hetzt – mir hängt die Zunge raus – von Badekleidung wurde nichts erwähnt, beinahe war ich der festen Überzeugung, wir schwimmen nackt, immerhin gibt es gleich nebenan eine Sauna und sonst wird doch auch alles detailliert beschrieben. Vorsichtshalber habe ich den Badeanzug mitgenommen, das war auch richtig, aber die Badelatschen habe ich in der Hektik vergessen!

11.10 Uhr
Einzeltherapie (50 Minuten)
Es stand nicht dabei, dass ich trockene Haare haben oder überhaupt irgendwie normal aussehen soll. Die sind hier anscheinend Kummer gewohnt, was diese Aneinanderreihung von Terminen überaus verdeutlicht, denn wie zum Teufel soll ich bis 10.00 Uhr schwimmen, danach in die Umkleide, duschen, Haare waschen, mich anziehen, querfeldein zurück in mein Zimmer rennen, mich ordentlich (!) anziehen, Haare trocknen, schminken und um 11.07 Uhr damit fertig sein und zur Einzeltherapie laufen?

Es fehlte nicht viel und ich wäre im Badetuch rüber gelaufen – jawohl! Aber da wir durch den Park ins andere Haus rennen müssen, war es schwierig, denn ich hatte ja keine Badelatschen dabei und Turnschuhe – immerhin zwei Paar, 1 x für die Gymnastik drinnen und 1 x für den Spaziergang draußen – fand ich zum Bademantel nicht kleidsam genug, obwohl es wohl kaum einer hier überhaupt bemerkt hätte! Nur nochmal so am Rande: Den gesamten Krempel muss ich auch immer mitschleppen und ich frage mich ernsthaft, warum beim Spaziergang nicht stand: mit Jacke und Trolley!!!

12.00 Uhr
Mittag (1 ganze Stunde)
Na gut, etwas weniger, denn um 13.00 Uhr war schon der nächste Termin.

13.00 Uhr
Tiefenmuskelentspannung (25 Minuten)
Die Therapeutin muss wirklich Nerven haben.
Da kommen haufenweise Leute mit Schweißperlen auf der Stirn, hochrotem Kopf, Blutdruck ca. 180 / 120, Bauchschmerzen, weil das Mittagessen in Rekordzeit vertilgt wurde, denn der eine oder andere brauchte doch mal 5 Minuten, um zuhause Bescheid zu sagen, dass er noch am Leben ist, vom vielen Sport Schmerzen in Armen und Beinen, von den tosenden Kopfschmerzen kurz abgesehen!
Und die Frau, also die Therapeutin, fängt an zu quatschen, sagt – im Zeitlupentempo – du

sollst dich entspannen, in dich hineinfühlen, deinen Kopf –wie an einem Faden aufgehängt- (in der Tat! Aber eher ein Strick!) , deine Füße, Beine, Hände und Arme spüren, um mit einem Mal dieselben anzuspannen – nur ganz kurz - um anschließend zu spüren, wie herrlich das Entspannungsgefühl ist.
Gott sei Dank sollte ich nicht meinen Bauch anspannen, der tat ganz schön weh!
Ja, ist die denn des Wahnsinns fette Beute? Meine Füße und Beine spürte ich ohnehin schon deutlich genug und noch mehr Schmerz darauf zu bringen, konnte von meinen Kopfschmerzen auch nicht ablenken. Und was heißt hier „kurz anspannen und wieder entspannen"? Ein Muskelkater war in Sicht, ein heftiger, da an- und entspannte sich gar nichts mehr!
Stell Dir das mal vor! Die darf sich glücklich schätzen, dass kaum jemand in der Lage war, sich überhaupt noch zu bewegen, sonst wäre sie gelyncht worden!

13.30 Uhr
Gruppentherapie (1 ½ Stunden – wir steigern uns!)
Völlig entspannt ging es nun also in die Gruppentherapie. Von diesen 1 ½ Stunden weiß ich so gut wie gar nichts mehr. Ich saß da, hörte eine Menge Leute reden, irgendwer – ich glaube, es war die Therapeutin – bat mich, meinen Namen zu sagen, der mir wider Erwarten noch bekannt war, und sie forderte mich auf zu erzählen, warum ich in der Reha bin.

„Selbstmord" schoss mir durch den Kopf! Das hier ist mein Selbstmord, auch wenn ich es vorher noch gar nicht wusste, doch es soll Entscheidungen geben, die absolut unbewusst getroffen werden. Einen Tag zuvor hatte ich nämlich die Frage beantworten müssen, ob ich Suizidgedanken habe, diese Frage konnte ich gestern noch mit einem klaren „Nein" beantworten, heute würde die Antwort eventuell anders ausfallen.
Nun denn, irgendwas werde ich wohl in der Gruppentherapie geantwortet haben und es war wohl zufriedenstellend, denn es folgten keine weiteren Fragen und den Rest der Zeit verbrachte ich mit den Gedanken an meine Muskeln, meinen Kopf und damit wie lange es brauchen würde, meinen geschundenen Körper als endgültig geheilt ansehen zu können. Sicherlich ein Thema, dass diesen Brief begleiten wird „Was wird hier aus mir?"

<u>15.20 Uhr</u>
Bewegungsgruppe (30 Minuten)
Vier Mal Sport am Tag, warum nicht? Ich freue mich darauf! Was soll's! Zugegeben, 30 Minuten lang Badminton zu spielen, war nach diesem Tag ein ganz klein wenig anstrengend. Nein! Es war zu viel, zu viel für meine Nerven, extrem zu viel, meinen Körper spürte ich glücklicherweise gar nicht mehr.
Und so sank ich nach dem Abendbrot um 18.00 Uhr erschöpft ins Bett. An Aufstehen war angesichts der schweren Bettdecke sowieso nicht zu denken.

Tim habe ich übrigens sofort durch die Gegend gejagt, damit er mir meine Bettdecke von zuhause bringt, die mindestens ein Kilogramm leichter ist! Bei der Gelegenheit hat er mir auch noch mehr Turnschuhe und Trainingshosen gebracht. Warum ich ihm die High Heels, die hier unnötigerweise rumstehen, nicht sofort wieder mitgegeben habe, weiß ich nicht genau. Ich vermute, der Ausdruck „Die Hoffnung stirbt zuletzt!" passt in diesem Fall recht gut.

Dies alles ist meines Erachtens absichtlich eingefädelt. Früher gab man den Patienten Beruhigungs- und Schlafmittel sowie andere Drogen, damit sie die Klappe hielten und nach 19.00 Uhr nicht mehr rumliefen, heute gibt es das
„Wir machen sie fertig-Prinzip"!
Und warum eigentlich nicht gleich als Termin 11.07 Uhr setzen? Wir haben 8.05, 8.50, 9.30, 11.10, da wäre eine Abwechslung nicht schlecht.
Meiner Erfahrung nach sind solche Angaben nicht schlecht! Wann immer ich einen Termin um 13.03 Uhr setze, kann ich sicher sein, dass die Kollegen rechtzeitig erscheinen. Dahinter steckt wohl ein Wettbewerbsgedanke, nach dem Motto: „So, der zeigen wir es jetzt mal, bestimmt ist sie selbst erst um 13.05 anwesend!" Und dann stehen sie da, mit der Stoppuhr in der Hand.

Ruhig und gelassen wollte ich das Thema „Wahnsinnsterminplan" bei meiner Therapeutin

ansprechen. Ich war streng genommen aufgrund von Überlastung, dank meines unruhigen Wesens, und zur Erholung bzw. um zur Ruhe zu kommen, in die Reha verfrachtet worden.
Zu dumm, dass von ruhig und gelassen keine Rede sein konnte, kaum saß ich, flossen die Tränen.
Miss Psych allerdings, reichte mir sodann ruhig und gelassen die Box mit Kosmetiktüchern, die hier als Taschentücher verwendet werden.
Tränen bringen hier niemanden aus der Fassung. Sie sind etwas Alltägliches, so in etwa wie essen, trinken und schlafen.
Sie fragte mich, wie es mir gehe……..*seufz*
Ich kam nicht umhin, ihr mitzuteilen, dass ich auf dem besten Wege in ein Reha-burnout bin, zur Unterstützung meiner Aussage und als Beweis hatte ich den Terminplan dabei.
Miss Psych pflichtete mir bei und sagte, der Terminplan sei absurd. Potzblitz!
Ich war mir nicht ganz sicher, was genau das nun wieder bedeuten sollte.
Heißt es, dass ein absurder Terminplan in dieser Klinik als etwas Normales anzusehen ist, oder heißt es, dass Abhilfe möglich ist?
Mir standen zweifellos die Fragezeichen ins Gesicht geschrieben, denn sie teilte mir mit, dass ich die Termine absagen kann und mir Ruhe gönnen darf. Juhu! Auch versicherte sie mir, einen entsprechenden Hinweis an die Pflegeleitung zu schreiben.
Hmmmm….? War das nun gut oder schlecht?

Manchmal ist es gar nicht gut aufzufallen. Womöglich verkaufen die mir nie wieder eine Waschmarke oder geben mir keine Schmerzmittel mehr, weil ich sie angeschwärzt habe. Mit Krankenhauspersonal sollte man sich stets gutstellen, die sitzen am längeren Hebel, da spreche ich aus Erfahrung. Meine Güte, wie viele Zicken mir schon in Krankenhäusern begegnet sind! Ich habe mich ein paar Tage lang in Luft aufgelöst, bin am Pflegedienst auf Zehenspitzen vorbeigeschlichen und so etwaigen Rachegelüsten entkommen.

Inzwischen habe ich mich an das eine oder andere Hin- und Hergescheuche gewöhnt, auch daran, irgendwo mit nassen Haaren zu sitzen oder in Sportklamotten, sogar beim Essen, kannst Du das bildlich vor Dir sehen? Liz in Trainingshose und Shirt beim Essen. Ich schwöre Dir, dass ich immer noch mit Messer und Gabel esse, von Porzellantellern und aus Gläsern und Porzellantassen trinke. Irgendein BWL-Typ hat hier bestimmt mal berechnet, dass es pro Tag 0,03 Cent günstiger ist (das läppert sich), das Porzellan abzuwaschen anstatt Pappgeschirr zu verwenden und wegzuwerfen oder womöglich diese entsetzlichen Aluschalen. Naja, was halt eine Exceltabelle so hergibt.
Übrigens ist einer aus unserer Gruppe Küchenleiter. Er wusste zu berichten, dass pro Mann/Frau und Tag 4 Euro zur Verpflegung angesetzt werden. Auweia!

Also, ich hänge im Sportzeug rum, die Sportgeschäfte hier im Ort haben mir gezeigt, dass in dem Bereich wahrhaftig viel Geld auszugeben ist, mir schweben daher verschiedenste Modelle und Farben, immer gut zu kombinieren, vor. Wenn schon, denn schon! Und wenn das hier so weitergeht, bringe ich es fertig und gehe im Jogginganzug zur Arbeit. Glaube mir! Ich bin vollauf bereit, jedwede anerzogene Förmlichkeit über Bord zu werfen, solange es dazu dient, meinen Kopfschmerzen und dem Tinnitus den Garaus zu machen. Du wirst mich nicht mehr wiedererkennen! Ich in Turnschuhen zur Premiere im Cinemaxx!!! GAR KEIN PROBLEM!
Vermutlich verliere ich mit dieser Einstellung auf Dauer all meine sozialen Kontakte und werde neurotisch, psychotisch oder sonst was! Aber es gibt gewiss eine Rehamaßnahme, die das dann wieder hinbiegt!
Es gibt immer ein Leben nach der Reha, dessen bin ich mir sicher! Zur Not sind die anderen Patienten noch da und wir könnten eine Ex-Reha-WG in Rehacity gründen.
Also, meine Liebe, sorge Dich nicht, Ideen habe ich genug. Wenn es ab und zu schlimm hier wird, stelle ich mich vor den Eingang und betrachte das Schild „Psychosomatische Klinik", schaue mir die Größe dieses Bunkers an und bin mir sofort wieder bewusst, dass wir zu viele sind, um aus der Gesellschaft gänzlich ausgestoßen werden zu können. Im Gegenteil, wir übernehmen den Laden!

Bevor ich weiterschreibe, kommen wir auf den Punkt, weshalb ich mich überhaupt in diesem Irrenhaus befinde. Meine Mutter pflegt zu sagen, egal was passiert, Ursache hierfür sei meine Geburt an einem Pfingstmontag bei Vollmond mit Sternzeichen Stier, im Aszendenten Skorpion. Ich bediene mich häufig dieser Begründung, ist sie doch ein Freifahrtschein und jeden Freispruch wert. Ich kann prinzipiell nichts dafür, dass es bei mir immer alles so aufregend verläuft und eine Stabilität nicht in Sicht ist. Schuld sind meine Eltern! Sie haben einen unvernünftigen Zeugungszeitpunkt gewählt, damals hat man noch anhand von Fieberkurventabellen berechnet, wann der Eisprung eintritt, hätten sie nicht einen Monat früher oder später wählen können. Heute ist man zu dieser Berechnung wieder übergegangen, nur aus anderem Grund. Damals gab es keine Pille und die Berechnung war tatsächlich dazu da, eine Schwangerschaft zu verhindern oder eben den günstigen Zeitpunkt für eine Befruchtung herauszufinden. Heute nehmen alle jahrelang die Pille, bis ihnen einfällt, dass ein Kind noch zum Glück fehlt, wenn Studium, Job, Auto (oder Autos), Haus, Pferd und Garten da sind und dann ist mit einem Mal das Schwangerwerden schwierig. Wie soll das auch funktionieren, wenn neben all der Arbeit und dem Freizeitaktivismus keine Zeit für Sex bleibt und vor allem mit wem? Das soll schon genau kalkuliert sein und der günstigste Tag für eine Empfängnis wird berechnet, dann müssen nur noch beide, Mutter und Vater Zeit haben!

Egal! Außerdem sind meine Eltern an meinem Geburtstag noch wie wild durch die Gegend gehetzt, weil mein Vater unbedingt den Rasen mähen wollte, traten meiner Mutter immer mehr Schweißperlen auf die Stirn und die Wahrscheinlichkeit, dass ich in einem Heuhaufen geboren werde, stieg rasant an. So gab es damals schon Laufereien mit mir, wie sollte ich also anders sein als ich bin?
Die Schuldfrage ist hiermit geklärt!

Und als ich dann Stefanie vor 28 Jahre geboren habe, verlief es auch nicht viel besser. Ich rutschte den ganzen Tag auf dem Po hin- und her und wollte abends unbedingt das WM-Fußballspiel bis zum Ende sehen. Leider hat es nicht geklappt, irgendwann sind wir doch losgefahren, schon weil Michael so nervös wurde. Ich habe aber noch auf den Rat meiner Mutter gehört, ordentlich gegessen und damit es leichter über die Bühne geht ein Gläschen Sekt getrunken, im Krankenhaus gibt es nichts mehr, hat sie mir verraten, schon gar kein Alkohol! Das waren noch Zeiten....
Die Geburt verlief gut und Stefanie ist gesund und munter zur Welt gekommen, an ihrem permanenten Schreien deutlich erkennbar.
Meine Mutter sagte: „Hoffentlich wird sie nicht wie Du!" und mein Vater sagte: „Doch, hoffentlich wird sie genauso wie Du!", dies mit einem bemerkenswert sarkastischem und gönnerhaften Unterton.

Diese Aussagen konnte ich gut nachvollziehen und war in der Tat dankbar über derlei Hexensprüche. Wieder bekam ich die Möglichkeit sämtliche Schuld meinen Eltern zuzuschieben. Interessanterweise hörte ich keine vergleichbaren Sprüche zu Tims Geburt vor 23 Jahren. Er ist halt ein Junge oder war das Kind mit der Betrachtung Steffis fünf Lebensjahre schon in den Brunnen gefallen? Keine Ahnung! Ich war so froh, dass es kein Mädchen geworden ist, denn zwei Töchter waren eine für mich grauenhafte Vorstellung. Ich selbst habe eine fünf Jahre ältere Schwester und das Leben mir ihr war nicht gerade die Wonne auf Erden! Ständige Raufereien, Gebrüll und Demütigungen. Es war schon recht heftig, sodass ich meine Kindheit, zumindest tagsüber im Freien verbracht habe. Ein Zelt im Sommer und einen Iglu im Winter im Freien hätte ich mit Vergnügen in Kauf genommen, aber ich schätze, die hiesigen Gesetze verboten meinen Eltern, mir das zuzugestehen. Vermutlich ging es meiner Schwester nicht anders.

Irgendwann konnte ich mich körperlich wehren und mich später auch gegen verbale Attacken zur Wehr setzen. Es ist auch kein Geheimnis, dass sie vor ein paar Jahren unserer gesamten Familie den Laufpass gegeben hat, weil sie sich in einer bestimmten Angelegenheit zurückgesetzt fühlte und in mir wieder die kleine Schwester sah, die immer bevorzugt wird. Wie gesagt, meine Freizeit fand in Mutter

Natur statt, diese bot jede Menge Möglichkeiten zu Abenteuern und da ich kaum eine Möglichkeit ausließ, stieg die Anzahl meiner Unfälle ins Unermessliche, die Narben an meinem Körper auch. Meine Modellkarriere war schon im Eimer als ich gerade mal drei Jahre alt war und sehr stolz eine Narbe an meiner Lippe trug, sehr zum Entsetzen meiner Mutter, die mich so gern in Werbung für Haarshampoo gesehen hätte. Meine Haare reichten mir bis in die Kniekehlen! Die Narbe hatte zugleich etwas Gutes. Als ich neun Jahre alt wurde, durfte ich mir endlich die langen Haare abschneiden, die Werbungkarriere war ja dahin. Aber ich schweife ab.
Kurz und gut, meine Kindheit war recht turbulent und bis heute hat sich nicht viel geändert! Wenn ich ins Krankenhaus muss oder mit Blaulicht gefahren werde, regt sich niemand mehr auf. Irgendwer aus der Familie bringt mir irgendwann die nötigen Gegenstände und Kleidung, manchmal bekomme ich es nicht mit, weil sie sich in mein Krankenzimmer reinschleichen, während ich im OP liege, und schnell wieder verduften. Ich kann das verstehen, die haben eindeutig die Nase davon voll, dass ich meine neugewonnen Narben wie Trophäen vorzeige und sie zwinge, meine jodbeschmierten Körperstellen zu betrachten. Hey, sag nichts! Das ist mein Leben! Nun denn, die haben inzwischen Übung und ein ausgeklügeltes Nachrichtensystem über Handy entwickelt. Ich möchte gar nicht

wissen, wie da ausgelost wird, wer fahren muss und welche Tauschgeschäfte dabei stattfinden. Ich stelle es mir so vor: „OK, ich fahre, aber nur, wenn Du dafür bei Oma anrufst!" – „Na gut, ich rufe bei Oma an, aber Du sagst Papa Bescheid!" – „Wenn ich Papa Bescheid sage, nimmst Du nächstes Mal unsere kleine Halbschwester Lilly!" – „Wenn ich Lilly nehme, fährst Du aber nächstes Mal zu Mama ins Krankenhaus!" und so fort!
Letztes Mal hat mir der Ladenbesitzer unseres Cornershops einen Lolli zukommen lassen, Tim hat bevor er zu mir kam, noch schnell Zigaretten gekauft. Mich würde es nicht wundern, wenn nächstes Mal der Ladenbesitzer zu mir kommt und Tim so lange den Laden schmeißt.
Worauf ich eigentlich hinaus will, ist aufzuzeigen, wie groß die Rolle der Kindheit ist und wie viel diese zu Auswüchsen beiträgt und sogar nachfolgende Generationen darunter zu leiden haben.

Als Erwachsene, sofern man mich jemals als erwachsen bezeichnen konnte oder könnte, mit einem guten Abitur und einer guten Ausbildung, entschied ich mich gegen einen Job in Paris, schoss meinen dortigen Freund in den Wind und heiratete Michael, ein Jahr später wurde Steffi geboren. Fünf Jahre später wurde – wie erwähnt – Tim geboren.
Irgendwann lief alles aus dem Ruder, vielleicht liegt es daran, dass ich mit meinem Ideenkopf nicht wirklich für die Ehe geschaffen bin und

ein Mann damit überfordert ist, dass die gestrige Idee morgen schon wieder überholt ist und ich mich über langweilige Kommentare beschwere. An unserer Scheidung, die nun viele Jahre zurückliegt, bin ich möglicherweise nicht unschuldig.
Auch wenn wir uns scheiden ließen, bereue ich diesen damaligen Entschluss, Michael zu heiraten, nicht! Wir hatten eine Menge Spaß mit den Kindern und haben es immer noch! Manchmal sage ich, dass wir getrennt wohl eine bessere Partnerschaft führen als so manches Ehepaar! Sehr zum Leidwesen unserer Kinder, die uns niemals austricksen konnten und immer noch nicht können.

Nach der Scheidung gab es zwar einige Liebschaften, aber es gab dann nur eine ernsthafte Beziehung, die ich immerhin 8 Jahre lang ausgehalten habe bzw. er mit mir ausgehalten hat, doch auch diese ging in die Brüche, ich habe sie beendet.
Mit diesem Partner hatte ich nämlich eine neue Familie hinzugewonnen, die so einige Ansprüche an mich stellte. Solange wir nicht zusammenlebten, war alles ok und ich hatte eine Menge Spaß daran, zusammen mit ihm, seinen beiden Töchtern sowie meinen Kindern etwas zu unternehmen und es lief recht friedlich ab. Seine Eltern, Vater mit neuer Frau, Mutter mit neuem Mann als auch seine Schwester mit Mann und Kindern waren mir noch nicht zu nahe getreten.

Irgendwann hat mich wohl der Teufel geritten und wir zogen zusammen. Nun waren alle auf dem Plan. Seine zwei Elternpaare, die Omi (meines Erachtens die einzig Vernünftige), die Töchter inkl. Exfrau und deren neuem Mann, seine Schwester mit Familie.

Ich kümmerte mich weiterhin um meine Familie und meine drei Patenkinder, damit hatte ich eine Menge zu tun, insbesondere mit meinen Kindern, die neben dem Schulleben auch noch Leistungssport trieben, nebenbei habe ich ganztags gearbeitet, irgendwoher muss das Geld schließlich kommen.

Unsere Ausflüge haben wir unaufhörlich genossen.

Es kam, wie es kommen musste. Seine Ex war mit mir unzufrieden, weil ich mich um ihre Töchter nicht ausreichend kümmerte, seine Schwester war unzufrieden, weil ich mich um ihre Söhne und um sie nicht ausreichend kümmerte. Seine Eltern, insbesondere sein Vater, waren mit mir unzufrieden, weil ich mich nicht ausreichend kümmerte. Er, der Vater, war der Meinung, ich solle mindestens zwei Mal pro Woche für ein Familientreffen sorgen, das sei meine Aufgabe als neue Frau seines Sohnes. Oh je!

Nun bin ich nicht total blöd und habe dann eine kleine Tabelle mit all meinen Terminen aufgemacht, dabei kam heraus, und so habe ich es Herrn Schwiegerpapa auch präsentiert, dass ich nichts dagegen hätte, mich montags und donnerstags in der Zeit von 6.00 Uhr bis 6.30 Uhr morgens mit der gesamten Bagage

zum Frühstück in unserem Hause zu treffen. Ansonsten sei der Terminkalender gefüllt. Warum er deshalb beleidigt war, weiß ich nicht.
Außerdem war ich es leid, mir von meinen beiden Stieftöchtern auf der Nase rumtrampeln zu lassen. Mit meinen Beschwerden über das mittlerweile von den beiden komplett zertrümmerte Geschirr, deren schlechtes Benehmen bei Tisch, deren Rumgekreische, stand ich allein da. Mein Freund meinte, dafür nicht zuständig zu sein und ich solle besser den Forderungen seines Vaters nachkommen, er hätte keine Lust auf Ärger mit ihm.
Also nahm ich meine Kinder und zog aus.
Und ich nahm mir fest vor, mir sämtliche Kerle vom Leib zu halten!

Jetziger Stand der Dinge ist, dass Stefanie inzwischen studiert hat, sich weit weg im Ausland befindet und Tim nach einem vermasseltem Abitur in der Meisterprüfung ist und anschließend studieren will.
Zum Glück spielt Tim nicht mehr Fußball, er wurde dort häufig gefoult und trug eine Menge schwere Verletzungen davon.
Eines Tages fragte ein Arzt in unserem Krankenhaus: „Du, Tim, kommst Du jetzt immer alle drei Wochen? Das passt gut zu meinem Schichtplan!" Ich wartete nur noch auf den Moment, an dem ihm der Arzt das „Du" anbieten würde."
Dafür betreibt Steffi jetzt Thaiboxen, das ist auch nicht unbedingt ungefährlich, schon gar nicht bei ihrer schmalen Statur. Und warum sie

sich partout ihr hübsches Gesicht demolieren lassen will, ist mir noch nicht deutlich geworden.
Startschuss für das Thaiboxen waren die Vorbereitungen auf ihr Staatsexamen. Wie ich hörte und an meiner Tochter selbst miterleben durfte, treibt dieses Examen die Studenten in den Wahnsinn, es scheint beinahe unmenschlich zu sein. So entwickelte sich bei Steffi eine Überfunktion der Schilddrüse, dieses klingt nun langsam ab. Während dieser Vorbereitungen zum Examen war ich als Mutter sehr gefragt, nämlich als Blitzableiter. Tiraden über Tiraden ließ ich über mich ergehen, Ratschläge wurden erwartet, aber nicht ernsthaft, denn ich hatte natürlich keine Ahnung und egal, was ich sagte, ich war die blöde Mama.
Meine Rolle, die Doofe zu sein und mir stundenlanges Weinen am Telefon und bei gemeinsamen Treffen anzuhören, habe ich selbstverständlich wahrgenommen, aber ich kam an die Grenze meiner Belastbarkeit, spätestens als Tim mir eröffnete, er habe mit Sicherheit die Gesellenprüfung nicht bestanden, natürlich erzählte er mir dies, als ich gerade mit unserem Geschäftsführer in meinem Büro saß, am Telefon.
Nach dem Examen, Steffi berichtete mir auch, sie sei zu 100 % durchgefallen, folgte wochenlanges Warten auf die Ergebnisse. Meine Nerven lagen brach.
Am Ende hatten beide bestanden und meine Freundin Linda hat sich Tim zu Brust

genommen, Steffi war leider nicht dabei, und sagte: „Du bist ganz schön fiese! Wie kannst Du Deiner Mutter sagen, Du seist durch die Prüfung gefallen, wenn es noch gar nicht feststeht. Behalte es lieber erst mal für Dich!" Danke Linda! Das war nötig und ich als Mutter sage solche Dinge eben nicht, dafür hat man Freundinnen, und wenn die Freundin dann auch noch Psychologin ist, umso besser!

Und damit ich mir mein Leben ja nicht einfach gestalte, habe ich seit über zwei Jahren meinen Freund Chris. Chris ist nicht nur kompliziert (ich mag das sehr!), sondern auch noch verheiratet. Ein Liebesleben führt er mit seiner Frau Monika schon seit über zehn Jahren nicht mehr, aber die beiden leben zusammen in einer WG, um die drei heranwachsenden Kinder gemeinsam zu erziehen.

Mir persönlich ist diese Konstellation nicht unrecht, denn ich kann mir die ständige Anwesenheit eines Partners (noch) nicht vorstellen und die Idee dieser Erziehungs-WG finde ich genial.

Leider musste ich zu meinem Entsetzen feststellen, dass den Kindern gegenüber und auch dem gesamten direkten Umfeld gegenüber nicht mit offenen Karten gespielt wurde. Ich frage mich, wie das funktioniert, denn Menschen um einen herum und auch Kinder sind nicht dusselig und merken doch, dass da etwas anders läuft, beispielsweise wenn die Eltern niemals zusammen mit den Kindern in den Urlaub fahren oder die Eltern

niemals gemeinsam ausgehen oder sonstige Interessen miteinander teilen.
Wie auch immer, ich für meinen Part kann eine solche Haltung den Kindern gegenüber nicht befürworten, aber nun wurde es so gelebt und Kindern eine Welt von heute auf morgen anders darzustellen ist unvernünftig, das begreife sogar ich.
Und gesellschaftliche Konventionen fordern immer noch zu häufig ihren Tribut.
Für mich als Freiheitsliebende undenkbar, sodann habe ich wenigstens die Fronten zwischen seiner Frau Monika und mir geklärt.
Als ich aufgrund ihrer Veröffentlichung von Beiträgen und Kommentaren auf einer beliebten Community-Seite dahinter kam, dass Monika von meiner Existenz weiß (sie hat dies später bestätigt), fand ich es und finde es heute noch richtig und anständig von mir, dass ich ihr reinen Wein eingeschenkt habe.
Ich habe mich ihr mittels einer Nachricht vorgestellt und erklärt, dass ich diejenige welche sei und sie, Monika, gern kennenlernen möchte. Bis heute, 5 Monate später, hat sie sich noch nicht gemeldet.
Chris bekommt ihren Ärger ab und an zu spüren. Sie habe es zwar gewusst, wollte es aber nicht so genau wissen. ??? Das mag sein, aber ich sah es halt anders.
Aus irgendeinem Grund, ich tippe auf den gesellschaftlichen Status, der ihr wichtig zu sein scheint, ist sie ein wenig böse auf uns und hin und wieder bekommen wir es zu spüren, insbesondere Chris.

Leider haben die Kinder, die wir gern noch eine Weile rausgehalten hätten, inzwischen doch von mir erfahren, weil die Mutter unvorsichtig war und eines der Kinder Mamas E-mails an eine Freundin gelesen hat, in der wohl über das Thema geschrieben wurde. Sie hat die Regel aufgestellt, mit den Kindern vorsichtig zu sein und ich habe deshalb das eine oder andere auf meiner Seite im Internet gelöscht und nun das?!
Mir ist es nach anfänglicher Enttäuschung nun nicht mehr wichtig, Monika kennenzulernen, vielmehr kann ich darauf jetzt gut verzichten, verstehen kann ich jedoch immer noch nicht, warum die sich das Leben schwer machen.
Überhaupt kenne ich es anders und Du, Kathleen, lebst selbst sehr offen mit Deiner Scheidungssituation, wie viele heute.
Michael tobt immer noch in meinem Leben rum und ich in seinem. Dies seit 30 Jahren. Wir sind befreundet, gehen weiterhin durch dick und dünn. Wir sorgen für unsere Kinder, sind für sie da. Michael ist inzwischen alleinerziehender Vater einer achtjährigen Tochter und auch sie, Lilly, wird in unserem Kreise so behutsam wie möglich großgezogen. Ich selbst habe ein gutes Verhältnis zu ihr.
Und wann immer Michael oder ich einen neuen Partner hatten, war dieser herzlich willkommen, so kennt Michael natürlich auch Chris.
Letztes Jahr haben wir alle zusammen Steffis Geburtstag bei einem Picknick am See gefeiert.

Warum also die Sache partout kompliziert gestalten?

Zwischen all diesen „Baustellen", also dem Gezicke meiner Schwester, dem Gezicke Chris' Frau Monika, dem Prüfungsstress meiner Kinder, Chris' Unsicherheit, meine Unsicherheit, meinen stets um mich besorgten Eltern (ich bin 49 Jahre alt), meiner Sorge um meine Eltern, der Pflege meiner Freundschaften und Hobbies, kam immer mehr Belastung an meinem Arbeitsplatz auf mich zu.

Meine Arbeit liegt mir sehr am Herzen. Ich bin erfolgreich, verdiene genug Geld, um die teure Ausbildung meiner Kinder zu finanzieren und arbeite sehr gern.
Das Unternehmen wuchs mehr und mehr, die Belegschaft im Vergleich jedoch nicht. Drei Jahre lang bettelte ich bei der Geschäftsleitung nach einer/einem weiteren Mitarbeiter/in. Es wurde eine 25-Stunden-Kraft zur Verstärkung eingestellt. Eine clevere, intelligente, sympathische, junge Frau, die leistungsorientiert und mit Erfolg arbeitet.
Da sie alleinerziehend ist, fällt sie des Öfteren aus, dadurch fehlt sie an allen Ecken und Kanten, doch ich selbst hatte vor Jahren Unterstützung als alleinerziehende, berufstätige Mutter erhalten, so soll sie jetzt auch unterstützt werden. Außerdem fehlt immer noch mindestens eine ganze Kraft.

Ich ackerte und ackerte. Meine Hobbies wie Sport und Kunst gab ich als erstes auf. Dann kümmerte ich mich immer weniger um mein soziales Umfeld. Ich hatte das Gefühl, jede freie Sekunde zum Ausruhen und Schlafen nutzen zu müssen, um für den Arbeitsplatz fit zu bleiben.

Es folgte ein erneuter Ohnmachtsanfall im Büro, darauf stellten sich permanente Migräne, Tinnitus, Taumelgefühl, Schlaflosigkeit und Mutlosigkeit ein und ich bewegte mich fortan in die Einsamkeit. Kurz: Burnout!

In den letzten zwei Jahren musste ich mich mehreren Operationen unterziehen, einige waren ambulant zu erledigen, aber es war auch die Entfernung der Gallenblase dabei sowie die Entfernung eines Eierstocks, an dem eine tennisballgroße Zyste hing, diese Operation von jetzt auf im Nu. Es ging demnach auch körperlich bergab.

Irgendwann lief gar nichts mehr und deshalb sitze ich hier in der Klinik und schreibe Dir mit neugewonnenem Mut und erwachten Lebensgeistern, wiedergefundenem Humor und einer Portion Sarkasmus oder auch Zynismus.

Ich bin auf dem Weg, die alte Liz zu werden, und der Brief an Dich begleitet mich dabei.

Jetzt mal ehrlich Kathleen, bin ich ein Weichei oder ist alles oben Beschriebene vielleicht wahrhaftig zu viel?

Ich komme auf Marie und mich zurück! Wir gingen also Kaffeetrinken und das, nachdem mir gerade der Doktor im Aufnahmegespräch eindringlich sagte, ich solle auf den Genuss von Kaffee verzichten. Ich konnte es verstehen, dass 1 ½ Liter Kaffee am Tag nicht gut sein können, aber gar kein Kaffee? Wozu soll das gut sein? Nein! Ich will nicht! Ich will meinen Kaffee, wenigstens ein bisschen! Er unterstrich seine Anweisung damit, dass das homöopathische Medikament, das er mir soeben verschrieben hatte, sich nicht mit Kaffee verträgt. Ha! Das war ein Trick! Ich habe den Beipackzettel gelesen. Diese Kügelchen haben keine Nebenwirkungen und keine Wechselwirkungen mit anderen Medikamenten wie z.B. Kaffee, angesichts der Menge an Zucker in ihnen, könnte ich sie glatt als Süßmittel im Kaffee verwenden! So habe ich mich mit mir selbst auf einen Milchkaffee pro Tag geeinigt. Ich meine, dass ist nur Milch mit einem Schuss Kaffee, stimmt's? Das Thema habe ich sogleich mit Marie ausführlich besprochen und wir sind einer Meinung! Puh!!! So ist es richtig! Immer schön der Freundin den Rücken stärken... Ich denke, Kaffee und Schokolade werden ständige Begleiter dieses Briefes bleiben.

Wir sprachen wieder über unsere Ankunft. Im Speisesaal ging es furchtbar zu! Du kennst das

sicher auch, Menschen, die Angst haben, zu wenig zu bekommen und nachher die Hälfte der Massen liegenlassen, die sie sich selbst aufgetischt haben.
Ein unglaublich lautes Geklapper mit Geschirr und viele laute Stimmen, schlechte Manieren und, und, und.
Von 12.00 Uhr bis 13.00 Uhr gibt es Mittagessen.
Um 11.45 Uhr steht eine Horde Patienten vor noch geschlossenen Türen, dem Küchenpersonal stehen die Schweißperlen auf der Stirn, ob der Herde Menschen, die losstürmt, sobald der Schlüssel in der Tür zum Öffnen gedreht wird.
Ich meine sogar, gesehen zu haben, wie die Servicemitarbeiter sich in diesem Moment leicht duckten.
Die Meute läuft! Vor dem Ausgabetresen folgt eine Vollbremsung und es entsteht eine irre lange Schlange. In dieser wird unablässig über den dargebotenen Fraß gemeckert, was wiederum die Frage aufwirft, warum sie dann wie verrückt mit den Hufen scharren, um an dieses Mittagsmahl zu gelangen.
Einige sind gewitzt genug, sich zunächst mit Messer und Gabel zu bewaffnen. Nein, nicht als Waffe gegen die Mitpatienten und zur Verteidigung der ergatterten Lebensmittel, soweit ist es doch noch nie gekommen. Sie besetzen damit ihren Platz am Tisch.
Wer noch schlauer ist, versorgt sich danach mit einem Salat und einem Getränk bevor er ganz gemütlich zur Essensausgabe schreitet, wo

mittlerweile gähnende Mitarbeiterinnen vor Langeweile die Kelle im Takt zu ihrem Ablenkungstralala schwingen.
Vollends geniale Patienten beginnen mit einem Dessert oder auch mit zwei, wie ich beobachtet habe, vor allem wenn Eiscreme gereicht wird. Diese wiederum haben das Problem, das indessen eingeschlafene Servicepersonal wecken zu müssen, um an das noch einigermaßen warme Essen zu gelangen.
Die wahren Vernünftigen unter uns, meiden den Speisesaal, essen entweder Obst oder versorgen sich an der nächsten Imbissbude mit Döner oder Currywurst. Niemals hätte ich gedacht, mich anzuschließen und derart fettiges Zeug in meinen Körper zu bringen, aber Zeiten ändern sich.

Es gibt eine große Auswahl an Mittagsgerichten, die mit den Farben rot, blau, grün, gelb und weiß markiert sind (normale Koste, leichte Kost, vegetarische Kost....), zu ersehen aus einer wöchentlich ausgehängten Liste,
Rate mal, welche Farbe für vegetarische Kost steht! ...grün! Richtig, welche sonst? Es ist reichlich ausgeklügelt!
Für deine persönliche Wahl des Mittagsessens nimmst du dir nach dem Abendbrot einen Chip (ein kleines, rundes Plastikteil) in der Farbe, die deiner Wahl entspricht. Dies soll zur Kalkulation der zu kochenden Mengen dienen. Also z.B. wurden 10 rote Chips von den 50

bereitgestellten Chips genommen, dann wird das rote Essen 10 Mal zubereitet.
Ich weiß genau, was Du jetzt denkst: „Mit Sicherheit, nimmt der eine oder andere Patient mehrere Chips, z.B. rot und gelb!" Nicht ganz richtig! Ich durfte erfahren, dass so einige stets über die gesamte Farbpalette verfügen und auf den Zimmern horten, um auf Nummer Sicher zu gehen.
Offensichtlich blieb dieses Phänomen in der Klinik nicht unbemerkt, denn die dargebotenen Gerichte unterscheiden sich kaum. Es gibt in der Regel Geflügel, Schweinefleisch wird wegen der muslimischen Mitpatienten nicht angeboten, je nach Farbe gibt es unterschiedliches Gemüse zum Fleisch. Für grün wird statt des Fleisches und der Kartoffeln eine gefüllte Kartoffeltasche angeboten – der Henker weiß, was da drin ist.
Wieder nach ein paar Tagen stellte ich fest, dass es vollkommen egal ist, welchen Chip ich nehme. Manche nehmen sogar gar keinen mehr.
Die Kunst liegt darin, sich mit dem Personal gutzustellen und um das Fleisch vom roten Gericht mit dem Gemüse vom gelben Gericht und der Soße vom grünen Gericht zu bitten.
Vielleicht hatten die Damen hinter dem Tresen schlicht die Nase voll von nicht endenden Diskussionen.
Ich denke, dieses bewiesenermaßen unsinnige Angebots- und Farbensystem wurde nicht eingestampft, weil dahinter ein Bewertungssystem für die Klinik steht, je mehr

Auswahl, desto besser die Klinik. Es geht hier doch wohl nicht um die Patienten! Vielmehr geht es darum, eine gute Bewertung für die Klinik zu erhalten, das Augenmerk liegt dabei auf den Kosten nicht auf dem Heilungserfolg.

Viele Mitpatienten sehen total fertig aus – wie man so schön sagt – irgendwie nicht das, was ich erwartet hatte. Mir schwebte mehr ein Haufen Managertypen vor, die überarbeitet sind, doch hier ist alles vertreten. Trauernde Menschen, Menschen, die den Lebensmut verloren haben, Menschen, die zu viel arbeiten, Menschen mit Ängsten usw. usw.
Alles wird unter dem Begriff „Depression" zusammengefasst. Der Begriff „Burnout" ist übrigens für eine Diagnose nicht verwendbar, weil er nicht definiert ist, so kommt es zur Diagnose „Depression", quasi in jedem Fall.

Unerfreulicherweise war es Marie beim ersten Essen passiert, dass sie sich an einen vermeintlich freien Platz an einem Tisch gesetzt hat. Dafür hat sie eine Menge Ärger bekommen und sah sich während des Essens bösen Blicken ausgesetzt, denn der Platz ist „eigentlich" gewohnheitsmäßig besetzt gewesen.
So war es geradezu ein „Muss", dass wir beschlossen, am nächsten Morgen mit allen aus unserer „Ankommtruppe" gemeinsam an einem Tisch zu sitzen. Das ließ sich recht einfach an, denn wir sollten alle um 6.45 Uhr zum Blutabnehmen und trafen uns wieder.

Unserer „Gruppe" gehörten folgende Mitglieder an:
Alina, Silke, Christine, Juliane, Nicola, Jens, Marie und ich, ein recht fröhliches Team!
Du ahnst es vielleicht schon, sehr schnell hatten wir auch einen „eigenen" Tisch! So kann es kommen. Der Mensch ist recht seltsam!
Wir steckten also nach alter Goldgräbermanier unser Claim ab.

Tatsächlich ereignete es sich dann auch ein paar Tage später, dass Christine an unserem Tisch saß, sich eine „völlig fremde" Patientin dazusetzte, ist es denn zu fassen, und diese von Christine einen Anpfiff erhielt. Gerade das wollten wir nicht erreichen. Im Eifer des Gefechts und schon weil es Mühe bereitet, einen wirklichen freien Platz als Ersatz zu finden, ohne selbst angemault zu werden, war Christines Reaktion auch irgendwie verständlich und ich beruhigte mich damit, dass es dieser ahnungslosen, neuen Fremden bald offenbar werden würde.

Es wurde zum ewigen Scherzthema am Tisch bzw. in der Raucherecke. „Lasst uns bloß rechtzeitig am Tisch sein, sonst setzt sich dort noch jemand Fremdes hin." und „andere Leute wollen wir hier nicht haben!" und „das ist unser Tisch!" Einmal saß eine andere Gruppe von vier Menschen an unserem Tisch und Verzweiflung machte sich breit, wohin nun? Sich der Gefahr aussetzen, an einem anderen Tisch einen Rüffel einzufangen, womöglich mit irgendwelchen Verrückten, verrückter als man selbst, auweia, es war brenzlig! Wir haben alle an verschiedenen Tischen gesessen und unbeschadet überlebt, aber selbstverständlich haben wir „unseren" Tisch sehr schnell zurückerobert! Ich muss darüber schon sehr lachen.

Vor kurzem haben wir zwei Tischgenossen verloren. Nicola hat einen anderen Tisch gefunden, der ihr mehr zusagt. Frechheit! Und Juliane ist abgereist. Nun ist ein neues Problem aufgetaucht. Wie und mit wem besetzen wir die zwei freien Plätze? Es sieht doch sonst so aus, als wolle sich niemand zu uns gesellen! Oder ist das so? Haben wir womöglich einen abweisenden Eindruck erweckt?
Fragen über Fragen und für jede Lösung gibt es ein Problem.

Inzwischen ist zu sagen, dass der erste Eindruck über die Mitpatienten trog. Die meisten Leute hier sind außerordentlich nett, freundlich, offen und hilfsbereit.

Punkt Raucherecke: Zu Rauchen erweist sich bei vielen Gelegenheiten doch immer wieder als nützlich. In Raucherecken finden Menschen schnell und einfach zusammen und bilden zügig ein Netzwerk. Im Verlauf der Jahre gesellen sich immer mehr Nichtraucher zu den Rauchern, auch bei bitterkaltem Wetter, um Nutznießer dieses Erscheinungsbildes zu sein. Faktisch wurde der gute alte Kneipentresen ins Freie verlegt. Es fragt sich nur, warum dazu unbedingt das Rauchen notwendig ist. Wie wäre es wohl, wenn Kaugummikauen in Restaurants und Kneipen verboten werden würde. Gebe es dann denselben Effekt? Eine Kaugummikauecke?

Marie und ich haben uns auch darüber unterhalten, warum wir überhaupt in der Klinik gelandet sind und sehr viel Ähnlichkeiten in unseren Ansichten und Problemen entdeckt. Beide arbeiten wir zu viel, haben seltsame Chefs, noch seltsamere Partner, ähnliche Erfahrungen mit Expartnern, beide haben wir Tochter und Sohn und wir beide schnattern auch gern und lachen viel. Wir laufen hier als merkwürdiges, unzertrennbares Duo rum.
Mensch Kathleen, Du hättest auch Deinen Spaß!

Wir beschlossen, unsere Zimmer auf Vordermann zu bringen.
Die Zimmer sind nicht schlecht, recht groß mit viel Farbe, aber irgendwie nur praktisch und das Gebäude sowie die Flure und Räume

ähneln ohnehin mehr einer Jugendherberge. Ich war froh, dass ein normales Bett im Zimmer stand und kein Krankenhausbett, dann wäre ich zusammengebrochen!

Also klapperten wir einen Dekorationsladen nach dem anderen ab, kauften Blümchen und Osterdekoration sowie jede Menge Schokolade! Was sonst? Schokolade ist alle Mal ein Ersatzmittel für Antidepressiva, führt sie bei Genuss zur Ausschüttung von Glückshormonen, doch auch bei gleichzeitigem Einsatz von Schokolade und Antidepressiva gibt es keine Wechselwirkungen.

Und, unglaublich aber wahr, auf dem Rückweg enterten wir ein Uhrengeschäft, ich hatte meine Uhr dabei, die ich seit Jahren nicht getragen und auch nicht vermisst habe. Was sollte ich auch mit einer Uhr, meine Termine reihten sich aneinander, gegessen habe ich zwischendrin und zu Bett ging ich, wenn ich mit der Arbeit fertig war.
Das Armband war hässlich und ausgeleiert, ein neues auszusuchen, würde mich Stunden kosten, so vermutete ich, also beschloss ich nur eine neue Batterie einsetzen zu lassen. Doch Marie trieb mich dazu an, mir wenigstens Armbänder anzuschauen. Was nützt mir eine funktionierende Uhr mit einem erbärmlichen Armband, sie würde wieder in der Ecke rumliegen. Und siehe da, in nur fünf Minuten hatte ich ein schönes Armband zu einem

erschwinglichen Preis erstanden. Überrascht von mir selbst war ich happy. Seither mein Leitwort und der dazugehörige, derzeit in den Charts geführte, Song, „Happy" wurde zum Kliniksong.

Zum Glück erhalte ich ein Achtsamkeitstraining!
Jetzt fragst Du Dich bestimmt, was das sein soll, richtig?
Teilweise frage ich mich das auch immer noch.

Das geht so: Du sitzt völlig (!) entspannt auf einem Stuhl, fühlst in Dich hinein, spürst Deinen Körper (und wie, seitdem ich hier bin), erlaubst den Gedanken und Gefühlen zu existieren, akzeptierst sie und betrachtest sie quasi von außen, ja nicht denken! Auf keinen Fall! Nur angucken!

Zur Unterstützung konzentrierst Du Dich auf Deinen Atem, also ja nicht aufhören zu atmen! Dann war alles für die Katz'!
Jedenfalls zählst Du Deinen Atem, aber nur bis max. 9, dann fängst Du bei 1 wieder an. Wenn Du durch Deine Gefühle oder Gedanken abgelenkt warst und Dich beim Zählen vertüddelt hast, fängst Du auch wieder bei 1 an.
Ich hab's echt mal bis 4 geschafft! Total verrückt!

Na, mal Scherz beiseite, das klappt recht gut, irgendwie kannst Du das Drumherum gut ausschalten. Und solange man dabei nicht ins Koma fällt, ist es hervorragend.
Mich selbst hat diese Technik kürzlich während einer Gruppentherapie und damit einhergehenden Kopfschmerzen sowie Tinnitus gerettet.

Vielmehr wurde eine Mitpatientin vor mir gerettet, denn hätte ich mein Achtsamkeitstraining nicht angewandt, hätte ich sie vom Stuhl geschubst oder mindestens geknebelt, vermutlich beides, nur in umgekehrter Reihenfolge.
Ich darf leider nichts Genaues aus der Gruppentherapie erzählen, es besteht Schweigepflicht, aber:

1.
Die Frau, die ich meine, ist ein Abklatsch der Menschen, die mir das Leben schwer machen! Hysterisch, zickig, weltfremd, gefühllos usw. (naja, sie ist bestimmt auch nett!)
Sie erzählte uns, sie sei krank und deshalb müde und mit den Nerven am Ende. Und ich dachte schon, sie sei gesund! Meine Güte, wer hätte geahnt, dass hier kranke Menschen sind! Und überhaupt hätte sie, eben weil sie krank ist, keine Energie für eine Therapie. Tja dann...!?
2.
Ihre Stimme gleicht dem Geräusch einer Kreissäge.
3.
Die Lautstärke, mit der sie spricht, gleicht der einer Kreissäge.
4.
Ihre Intelligenz ist mit der einer Kreissäge gleichzusetzen.
5.
Farben ihrer Kleidung:
Meistens braun, ab und zu schwarz

Kannst Du ungefähr nachvollziehen, wie es mir in der Gruppentherapie geht?
Ich gehe meist in guter Verfassung in die Gruppe und komme in schlechter Verfassung wieder raus.
Nicht, weil mich einige Berichte und Erzählungen mitgenommen haben, mich berührt haben und Mitleid erweckt haben, nein, das ist ganz normal, sondern weil sich mein Kopf danach anfühlt wie eine schwere, bleierne Taucherglocke!
Herrje! Teilweise kommt bei mir die Befürchtung auf, dies alles geschieht nur, damit ich einsehe, sich zu Tode zu schuften, ist vermutlich besser, als ein zweites Mal den Reha-Stress überstehen zu müssen.

Dessen ungeachtet will ich die Zeit hier vernünftig nutzen, jetzt oder nie heißt meine Devise.
Als ich hier ankam, war ich mit Chris zerstritten und ich bin immer noch böse auf ihn, weil er sich mir gegenüber am letzten Abend vor meiner Abreise unaufmerksam verhalten hat.

Ein längerer, ausführlicher Bericht ist von Nöten, um die Situation hinreichend erklären zu können und ich bitte Dich nachsichtig mit mir zu sein, wenn ich jetzt abschweife und mit Sicherheit übertreiben werde, ich bin halt enttäuscht.

Es war ein Montag und sowieso waren wir die Wochen zuvor stets mit seinen Privatproblemen wie Termindruck bei seiner Arbeit, Ärger mit Kollegen, viel zu tun wegen einer Vermögensangelegenheit, Druck wegen seiner häuslichen und familiären Pflichten etc. beschäftigt. Eine Belastung, die ich nicht zu handhaben wusste, denn meine eigene Schieflage war anstrengend genug und ich sah keine Möglichkeit, Lösungen für ihn zu finden, wenn ich auch gern wollte.

Von seinem Zuhause flogen zudem Trümmer der Auseinandersetzungen mit seiner Frau Monika zu mir rüber. Monika hat die Kinder zwei, drei Mal als emotionales Druckmittel eingesetzt, so kommt es zumindest bei mir an. Eine Tour mit der sie die Schlacht bereits eröffnet hatte, als ein Kind weinend berichtete, Monikas E-mails gelesen zu haben und daher von Chris' Freundin, also mir, zu wissen. Monika ließ Chris in dem Glauben, es sei meine Nachricht gewesen, die gelesen wurde, dafür habe ich einen ordentlichen Rüffel von Chris erhalten, der sagte: „Siehst Du, das kommt dabei raus, wenn Du Nachrichten unüberlegt durch die Gegend schickst!" Meine Antwort, ich sehe es eher so, dass sowas dabei rauskommt, wenn Kinder Zugang zu den E-mails der Eltern haben, hat seine Ohren und damit das dazwischenliegende Gehirn nicht erreichen können.

Nun verhielt es sich so, dass ich meine Nachricht erstens nicht per E-mail, sondern über die Community-Seite nicht öffentlich versendet hatte und zweitens meine Worte mit Bedacht gewählt hatte, gerade weil ich wegen seiner Kinder vorsichtig sein wollte und überhaupt mit Nachrichten im Cyber Space vorsichtig bin. Ich habe weder das Wort „Freundin" noch das Wort „Geliebte" verwendet. Ich habe nicht mal Bezug auf Chris oder die Formulierung „Ihr Mann" angewandt, sondern mich lediglich als „diejenige, welche" tituliert und um ein Kennenlernen gebeten. Zwar bin ich impulsiv und forsch, aber auch nicht bescheuert. Folglich muss es dem Kind unmöglich gewesen sein, aus meiner Nachricht, wenn es sich überhaupt um diese handelte, Schlüsse zu ziehen.

Chris kannte den Text nicht, was Monika nach ein paar Interwies offensichtlich in Erfahrung gebracht hatte. So sah ich mich in Verteidigungsposition – schlimm genug – und druckte die Nachricht für ihn aus. Konfrontiert mit diesem Text gab Monika zu, dass ihre eigenen E-mails an eine ihrer Freundinnen gelesen wurden und diese eindeutig waren.

Kannst Du noch folgen, Kathleen? Ich frage nur, weil ich selbst Probleme damit habe, in dieser Angelegenheit noch mithalten zu können.

Mit ihrer, Monikas, Aggression kann ich nicht viel anfangen, waren Chris und sie doch seit vielen, vielen Jahren kein Liebespaar mehr. Der Sinn des Ganzen eröffnete sich mir allerdings als Chris mich wiederum mit ihren Worten konfrontierte, die mich offenbar in Misskredit bringen sollten: „Warte mal ab, bis Frau Corneel mit Forderungen kommt!" (Sie nennt mich Frau Corneel! Nicht Liz! Auch ok!)

Da wurde mir bewusst, worum es geht. Ich vermute, es geht um finanzielle Sicherheit und sozialen Status. Verständlich, wenn drei Kinder groß gezogen werden sollen und jetzt noch eine Freundin hinzukommt, die womöglich an einem Versorger interessiert ist. Nichtsdestotrotz muss ich mein Hirn verknoten, um dergleichen zu begreifen. Ich selbst bin unabhängig und war auch noch niemals abhängig von einem Mann, im Gegenteil, heute noch unterstütze ich Michael und Lilly wann immer es möglich ist.

Es folgten immer häufiger Attacken auf Chris' Gewissen. Mal schmollten alle mit ihm, weil er sich einen Abend frei nahm, mal hieß es, die Kinder haben immerzu Albträume, weil er eine Freundin hat, mal war zu berichten, dass das jüngste Kind sich übergeben müsse, weil es Angst hat, Papa würde die Familie verlassen und so fort.
Das ist zweifellos furchtbar und ich möchte keineswegs Ursache für das Leid seiner Kinder sein. Aber als ich Chris kennenlernte, hörte ich damals schon Berichte darüber, dass die Kinder ab und zu von Albträumen geplagt sind, sich

übergeben, nicht allein im Bett schlafen und Ängste darüber äußern, die Eltern könnten auseinander ziehen. Wie alle anderen Kinder auch, das ist doch irgendwie normal, dass Kinder Ängste haben. Alle Kinder wollen ihre Eltern zusammen sehen und wenn es mal nicht gut läuft, haben sie Angst oder wenigstens Befürchtungen, das ist wohl der bessere Begriff.
Die nunmehr auftretenden Schuldzuweisungen in meine Richtung, weise ich deshalb mit Nachdruck zurück.

Zugegeben, unsere, Michas und meine Kinder hatten es wahrhaftig auch nicht leicht. Sie wuchsen mit getrennten Eltern auf und es fehlte garantiert ein gewisses Maß an Sicherheit, aber wir waren immer offen und aufrichtig mit ihnen, es gab keine Heimlichtuereien, keine Vortäuschung falscher Tatsachen, sie liefen beständig an unserer Seite mit. Neue Partner haben sie nicht als Eindringling empfunden, sondern als eine weitere Kontaktperson. Ich kann mir vorstellen, dass Stefanie und Tim einen sogenannten „Knacks" weghaben und rückblickend ist es einfach, Gründe für die eine oder andere Schwäche zu finden, im Nachhinein weiß man Vieles besser, aber genauso kann ich rückblickend eine Menge Dinge finden, die unsere Kinder gestärkt haben und zu einer vorteilhaften Entwicklung in vielen Bereichen geführt haben.
Wie man's macht, macht man's richtig!

Nun ist Chris ein Jongleur des Lebens und spielt Bälle gern und schnell an andere weiter, ein Meister der Verdrängung, so ist seine Entscheidung, sich eine Freundin zuzulegen, zum Spielball zwischen Monika und mir geworden. Ich versuche unentwegt, mich darauf nicht einzulassen, denn ich kenne Monika nicht, denke mir aber, dass sie sicherlich sehr nett ist.
Vermutlich hat sie sogar versucht, einen passablen Weg zu finden, denn ich weiß, dass sie Chris mehrfach gefragt hat, wie es nun weitergehen soll. Da beißt sie auf Granit, Chris denkt nicht in die Zukunft, sondern nur im Augenblick, das kann einen schon in den Wahnsinn treiben, deshalb hätte ich gern einen Kontakt zu Monika. Es ist in meinen Augen die einzige Möglichkeit, der Sache den Wind aus den Segeln zu nehmen.
Jedenfalls ist es so, dass Chris, wann immer es brenzlig für ihn wird, kleine Häppchen verteilt. Mal mehr Aufmerksamkeit bei mir, mal mehr bei Monika, je nachdem, wer gerade ruhig zu stellen ist. Auch ein anstrengendes Unterfangen, ich würde durchdrehen!
Es sieht so aus, als wenn er die Spannung hält, weil er es genießt. Aber das schreibe ich jetzt nur, weil ich sauer bin, er ist schon lieb! Ehrlich!
Liest Du eigentlich noch? Oder hast Du diese Passage überschlagen?

Außerdem würde er sich niemals auch nur einen Zentimeter in seinen Verhaltensweisen

bewegen. Zum Beispiel schläft er gern lange bis in den Mittag hinein, sein Job erlaubt ihm dies oder umgekehrt, er hat sich diesen Job erarbeitet, weil er gern tut, was er will und dazu gehört Ausschlafen.
Deswegen habe ich es gar nicht gewagt, zu fragen, ob er mich zur Reha fährt.
Das hätte für ihn bedeutet, den Wecker auf 8.30 Uhr zu stellen, was er niemals tun würde. Außerdem wären wir ohnehin unpünktlich gewesen, etwas was mir zuwider ist, für Chris aber beinahe wichtig.

Ich komme mit diesen Mätzchen zurecht, erstens lebe ich nicht mit ihm zusammen und zweitens habe ich auch meine Eigenheiten und wenn diese auch nur darin bestehen, dass man in meinem Zuhause über meine Pumps, die ich irgendwo ausziehe und liegenlasse, oder einen Stapel Bücher hinweg steigen muss. Oder meine Kaffeetasse von vorgestern steht auf dem Schreibtisch noch neben der von gestern und heute.

Aber! Der letzte Abend mit Chris war für mich die Krönung der Unaufmerksamkeit. Unaufhörlich ging es um seinen Ärger mit einem Bekannten und um sein Auto. Es war unvermeidbar und wahnsinnig wichtig, noch an diesem Abend wegen einer Kleinigkeit mit der Werkstatt zu telefonieren und noch wichtiger war es wohl, sich bei dieser Gelegenheit um das Angebot für ein neues Auto für seine Frau zu bemühen, ausgerechnet der Fahrzeugtyp, dem ich auf der Spur bin. Alles in meinem Haus!

Er provozierte Eifersucht. Das ist bei mir nicht einfach, aber in dem Moment kam bei mir tatsächlich Eifersucht auf. Alles kann ich auch nicht aushalten, schon gar nicht in meiner instabilen Lage. Ich war sehr enttäuscht und schickte ihn nach Hause.
Ein toller Abschied, nicht wahr? Es tut ihm auch leid, aber ich bin auch ein Sturkopf, ich weiß!
Seither maulen wir uns per E-mail an, ich habe die Kommunikation auf ein Minimum reduziert.
Ich verdanke diesem Theater mehr und mehr schlaflose Nächte. Ich stampfe gerade mit dem Fuß auf und laufe wie eine Dampfmaschine hin und her. Wenn ich mal böse bin, dann ist es auch schwierig für mich, in den Normalzustand zurückzukehren.
Linda holt mich zuhause immer schnell zurück auf den Boden der Tatsachen und in die wirkliche Welt, aber sie ist nicht da.

„Liz, warum bist Du dann mit ihm zusammen?" ist jetzt Deine Frage, richtig Kathleen?
DIE stelle ich mir auch öfter. Es ist wohl eine ständige Herausforderung für mich, ich langweile mich schnell und diese Stabilität der Instabilität ist mir skurril genug, um diese Geschichte zu leben, außerdem führt es dazu, dass unsere Treffen spannend, verrückt und ausgelassen sind. Chris ist ein Gesprächspartner und redet mir nicht nach dem Mund und in vielen Dingen sind wir zu

100% auf einer Linie, das wird das Ausschlaggebende sein.

Ich bin auch nicht ganz ohne und exe und entexe ihn in regelmäßigen Abständen, darauf ist fast Verlass. Ich habe darin den Anspruch auf den Meistertitel. Die so entstandene Spannung hat uns letztlich beide in eine Art Abhängigkeit gebracht.

Doch leider fehlt Vertrauen. Es fällt mir schwer Chris zu vertrauen, war er doch seiner Frau gegenüber unehrlich und hat sich genau genommen, eine heimliche Geliebte zugelegt. Ich bin eifersüchtig, ein Gefühl, das sehr neu für mich ist, und so geht mir, wenn ich sauer bin durch den Kopf, dass er womöglich permanent auf der Jagd ist, ohne es mir zu sagen. Und die Entschuldigung, Männer seien halt so, weil es schon immer so war und Frauen sind die Nestbauer, lasse ich nicht mehr gelten!

Die Evolution hat bei und für Frauen einiges verändert. So haben wir, Du Kathleen und ich, in unserem Bekanntenkreis überwiegend Frauen, die bei der Männersuche nicht auf Versorgersuche sind. Die Frau hat sich in unserer westlichen Welt so entwickelt, dass sie auf eigenen Beinen stehen kann, auch mit Kindern, und ich sage immer recht ketzerisch, dass sich parallel der Mann in die Position des Befruchters, des Spaßexemplars und des Arbeitstieres begeben hat. Kaum eine Frau in unserem Land würde heute noch von sich sagen, sie sei dem Mann unterlegen und lediglich zur Zucht und zum Vergnügen des Mannes auf der Welt.

Der heutige Mann, auch der sogenannte westliche, besteht immer noch überwiegend auf dem Punkt, seinem instinktiven Fortpflanzungsdrang zu folgen, der leider nicht und niemals ablegbar ist und er somit seiner ständigen Jagd nach einer neuen oder weiteren sexuellen Begebenheit, seiner Untreue, seiner Unzuverlässigkeit usw. machtlos gegenüber steht. Gleichzeitig wollen sie die Intelligenz mit dem Löffel gefressen haben. Dies alles vor dem Hintergrund der Überbevölkerung! Sorry, aber da stimmt was nicht. Wie konnte die Evolution an den Männern spurlos vorüberziehen? Jedenfalls die letzten, sagen wir mal, 3000 Jahre. Männer haben es doch auch zum aufrechten Gang gebracht.

Der Mann macht sich überflüssig, denn ein Mann kann in wenig Zeit viele Kinder zeugen, Frau braucht dafür mindestens 9 Monate und Frauen lernen Netzwerke zu knüpfen und zu teilen.

Aber gut, ich schweife ab, dies war nur ein kleiner Exkurs in eine verrückte Gedankenwelt.

Zurück zum Thema!
Angesichts meiner vielen Baustellen und der zusätzlichen Belastung am Arbeitsplatz, kommt in mir der Wunsch nach mehr Sicherheit auf und auch Zukunftsüberlegungen. Will ich im Alter immer noch alleine leben? Will ich einen Mann an meiner Seite haben oder reicht mir auch eine WG? Diese Thematik habe ich mit Miss Psych im Einzelgespräch erörtert und meine Ziele hier sind zu lernen, wie ich im Arbeitsleben Grenzen setze, meine Energie lieber im Privatleben einsetze und vernünftig, ohne permanente Erfolgsgedanken und Perfektionismus, kanalisiere und mir über die Beziehung zu Chris im Klaren werde, vielmehr darüber ob ich diese Beziehung, einen Energieräuber, will oder nicht.

Zurzeit verfolgen mich, wenn ich mal schlafe, Albträume, die Arbeit oder Chris betreffend, also ist da etwas zu sortieren.
Daher stehe ich im Dilemma, weil ich mir unsicher bin, ob ich Chris zu Ostern hier sehen möchte, es könnte mir guttun, aber auch ein Desaster werden.
Neues aus diesem Kino gibt es später wieder.

Wie gesagt, Ostern steht vor der Tür und damit auch das jährliche Osterfeuer. In der Raucherecke entbrannte eine Diskussion.
Gehen wir zum Osterfeuer oder nicht? Und sind wir überhaupt erwünscht! Die Psychos? Oder wird es dort überhaupt außer uns noch andere

Menschen geben? So viele Einwohner hat der Ort nicht.
Und wann wird das Osterfeuer angezündet, es wird erst spät dunkel!
„Um 23 Uhr" brüllte einer!
Ja, genau! Dann müssen wir nämlich wieder fein im Bettchen liegen!

Aber immerhin, wir dürfen das Gelände verlassen. Nur, wenn wir den Ort verlassen, sollen wir uns abmelden. Ein Klacks! Zuhause melde ich mich ab, sobald ich den Putzlappen aus der Hand lege und mit dem Telefon ins Wohnzimmer ziehe, um meine Freundin anzurufen.
Allerdings sollen wir uns hier zurückmelden, wenn wir wieder da sind.
So bescheuert bin ich zuhause logischerweise nicht. Bloß keine schlafenden Hunde wecken. Da schleich ich so lange wie möglich lautlos durch die Gegend bis einem meiner Liebsten auffällt, dass es so ruhig ist und Mama womöglich Langeweile hat, oder das Lieblingsshirt ist nicht gewaschen oder Hungergefühl tritt ein, dann ist es aus mit der Ruhe!
„Mama? Wann gibt es Essen?"
„Mama? Hast Du mein T-Shirt gesehen?" – „Ja, ich habe eines von den tausend T-Shirts gesehen!"
„Mama? Hast Du mal fünf Euro für mich?"
„Mama? Hat jemand für mich angerufen?"
Usw. usw.

Ich sage immer, es gibt drei Wörter, die Kindern nicht beigebracht werden sollten: Gleich, Nein und Mama stattdessen: Jawohl sofort, Ja und Papa! Das Wort Papa wird ohnehin nur per Zufall gelernt und tritt mit den Begriffen „Fußball" und „Bier" im Zusammenhang auf.
Oder haben Deine Kinder schon mal geschrien: „Papa, wann wäscht Du endlich mein Trikot?" Nein! Die Worte sind: „Papa, wollen wir spielen bis Mama mit dem Kochen fertig ist?" oder ähnlich Angenehmes. Wie wäre es mit: „Mama, wollen wir essen, was ich gerade gekocht habe bis Papa endlich mit dem Bügeln meines Trikots fertig ist?" Ja, ich bin ein Traumtänzer! Deshalb bin ich Psychosomat!

Also, bis 23 Uhr sollen wir in die Klinik zurückkehren, ein highlight! Welche Hausfrau und Mutter kann sich das schon leisten? Und auch noch täglich!
Wenn ich ein Mal im Monat ausgehe, es tagelang vorher ankündige, kurz vor meinem Aufbruch, beinahe hätte ich „Ausbruch" geschrieben, laut „Tschüß" sage und nochmal erkläre, dass ich spät wieder komme, kann ich sicher sein, dass in zwei Stunden das Handy klingelt und irgendein Familienmitglied fragt, wo ich bin! Sicher!
Okay! Ich nutze es dann aber auch aus und kehre nicht vor zwei Uhr morgens wieder heim! Außerdem habe ich zuhause die Schlüsselgewalt! Hier werden wir um 23 Uhr eingeschlossen. Keine Fluchtmöglichkeit und

keine Patientenzimmer liegen im Erdgeschoß, also können wir nicht mal durch ein Fenster krabbeln.

Nun hat diese 23 Uhr Sache zu einigen wahnwitzigen Ideen geführt. Wir sind ca. 200 Insassen. Wenn wir alle gegen 22.50 Uhr wieder anlanden, könnten wir eine aufmerksamkeitserregende Polonaise durch den Ort bilden und dieses Nest mal aufmischen, dabei haben wir alle unsere Klinikkarten um den Hals hängen! Da traut sich niemand, uns um Ruhe zu bitten! Ich wette, selbst die Polizei würde einen großen Bogen um uns machen.
Und an der Kliniktür können die Schwestern doch überhaupt nicht so schnell die Alkoholpusteröhrchen ausgeben wie wir reinpolonaisesieren! Das wäre doch eine Gaudi und eine Reportage auf der Titelseite irgendeines billigen Boulevardblättchens wert!
„Letzten 1. Mai in Reha-City! Die Patientenbewegung verlief geordnet und gesittet im Gänsemarsch ohne größere Ausschreitungen. Polizei ist ratlos!" Irgendwie so!
Überhaupt ist es amüsant, durch den Ort zu gehen. Nirgendwo sonst grüße ich bei einem kleinen Shopping so viele Menschen, wir Patienten bedeuten diesem Ort eine enorme Umsatzsicherung! Nur leider will niemand ein Autogramm von mir oder schenkt mir Blumen, obwohl ich wie Queen Elisabeth winkend durch die Gassen laufe. Wenigstens könnte man uns

einen Discount bei Vorlegen der Patientenkarte einräumen, wenn wir schon maßgeblich an der Erhaltung der Geschäfte im Ort beteiligt sind!

Das Osterfeuer war übrigens nicht überragend toll! Das Feuer selbst war schon ganz in Ordnung, aber in der Tat waren hauptsächlich wir Psychos vertreten. Wir kennen uns schon eine Weile und es war extrem kalt! Würstchen- und Crèpes-Buden waren schnell abgeklappert. Alkohol durften wir nicht und von einem Tablettencocktail, indem wir alle unsere verschiedenen Medikamente in einem Hut zusammenwerfen, haben wir lieber doch abgesehen, gleichwohl es auch nicht ausdrücklich verboten ist.

Kurschatten sind ja auch verboten, dabei hat Erik (Du weißt schon, mein Friseur) mir noch extra für die Reha einen Haufen Kurschatten als guten Wunsch mitgegeben.
Kurschatten waren auch ein Punkt bei einem Vortrag in der Klinik, gehalten von einer Ärztin. Sie trug in einer Art und Weise vor, dass sich überhaupt niemand mehr vorstellen konnte, mit Witz, Spaß und Humor zu flirten und sich somit einen Kurschatten anzulachen, denn wir waren mittlerweile alle eingeschlafen. Frau Doktor bewegte sich während des Vortrags nicht einen Zentimeter, der Text war mittels eines Projektors an die kahle Wand geworfen und sie las in monotonem Ton vor. Spätestens als sie berichtete, dass Kurschatten die

Beziehung zuhause belasten könnten, niemals wären wir auf den Gedanken gekommen, verließen viele ernüchtert den Saal.

Neuerdings hebe ich mein Kaffeeverbot höchstpersönlich zwei Mal am Tag auf. Zum Frühstück gönne ich mir zwei Tassen Milch mit Kaffeeschuss und gegen 16 Uhr einen Café au lait in irgendeinem Café.
Diese Menge entspricht maximal einem Zwanzigstel der Menge Kaffee, die ich üblicherweise zu mir genommen habe, und ich meine zu spüren, dass es mir guttut! So ein Mist! Das wird einen nicht unerheblichen Einbruch an der Kaffeebörse zur Folge haben, fürchte ich.
Also Finger weg von Kaffeeaktien. Hingegen solltest Du Dich in Kräuterteegeschäften engagieren, denn der Tee ist zu meiner Ersatzdroge geworden, die homöopathischen Kügelchen auch!

Da wir schon wieder beim Kaffee sind....! Das erinnert mich an die Herzklinik, gleich hier nebenan. In der Herzklinik befinden sich auch die Seminarräume, das Schwimmbad mit Sauna, die Turnhalle usw.
Und nicht nur das! Es sieht dort viel schöner aus als bei uns.
In unserem Gebäude gibt es nicht einen einzigen gemütlichen Raum, kein Sofa ist zu finden, kein Tisch, nichts. Die Räume heißen zwar Spieleraum oder Leseraum oder TV-Raum, aber sie sind ungemütliche Räume mit einen paar hässlichen Stühlen darin. Und auch wenn es unglaublich klingt, Patienten streiten sich mit den türkischen Patienten um einen bestimmten TV-Raum. Dort läuft allabendlich

türkisches Fernsehen und so wurde er quasi zum Raum für die Türken erklärt. Das ist natürlich blödsinnig, jeder Deutsche darf sich dort zugesellen und ist nicht unwillkommen, nur bleibt es bei dem türkischen Sender. In den beiden anderen TV-Räumen läuft nämlich deutsches Fernsehen, wenn überhaupt, denn diese Räume sind meistens leer. Also wozu dieses Gemecker über den türkischen TV-Raum? Mal wieder typisch, oder? Da wird mit dem Finger auf die türkische Gruppe gezeigt, weil sie sich zusammengetan hat, dabei ist die deutsche Gruppe viel größer.

Zurück zur Herzklinik, denn das ist wirklich ungerecht!
Dort ist es viel schöner. Es gibt eine italienische Halle, mit schönen Möbeln, Terracottaboden, schönen Vitrinen mit allerlei Darbietungen an Kunst und Verkaufsartikeln, ein schönes Foyer mit Ledersofas, ein Café, in das ich sogar Chris mitnehmen würde und…..zu allem Unrecht einen wesentlich größeren und besserem Kaffeeautomaten und noch schlimmer…daneben ein Schrank mit sauberem Porzellangeschirr, bei uns gibt es einen Automaten mit Plastikbechern, der ab 15 Uhr nicht mehr funktionstüchtig ist, weil Kaffeepulver (nicht Bohnen wie in der Herzklinik) nachzufüllen ist und das kann erst um 17 Uhr geschehen, wenn das Küchenpersonal wieder da ist. Ja, da ist die Welt noch in Ordnung, die Zuständigkeiten sind unumstößlich geklärt! Flexibilität wird immer

unerwünschter und zunehmend zum Unwort, führt sie doch zu Missverständnissen über Zuständigkeiten.
Also verkrümeln Marie und ich uns des Öfteren in die Herzklinik, mehr oder minder under cover.

Zum Verständnis: In diesen Kliniken wird man irgendwann zum Paten (ohne Maschinengewehr im Geigenkasten) für Neuankömmlinge. Der Sinn liegt darin, sie willkommen zu heißen, damit sie sich ein wenig angekommen fühlen, und darin, ihnen die Gebäude und Räume zu zeigen sowie einige Abläufe zu erklären.

So geschah es, dass einer von uns Psychos, einen Herzpatienten mit dessen Patenkind drüben in der Herzklinik belauschte. Folgender Satz hat sich in sein Hirn gebrannt: Der Pate zum Patenkind: „So, nun sind wir am Ende dieser Klinik, weiter brauchen wir nicht zu gehen, danach kommt nur noch die Klinik mit den Verrückten!"
Also, Moment mal! Wenn ich richtig berechne, dann bin ich im Stadium vor der Herzklinik. Nach Burnout kommt Herzinfarkt, also wer hat hier was falsch gemacht und wer ist bescheuert bzw. verrückt? Hä?! Ich stehe ja wohl um Einiges besser da, wenn ich mal von der besseren Ausstattung der Herzklinik absehe, aber dafür hole ich mir nicht absichtlich einen Herzinfarkt.

Nun denn, seitdem gehen wir under cover oder inkognito oder wie auch immer Du es nennen willst.

Und natürlich hat sich unsere Raucherecke ausführlich mit dem Thema beschäftigt. Seither heißt es Hirnis gegen Herzis!

Und wann immer wir können, ziehen wir das Tempo bei unseren Runden um den See stark an und überholen die Herzis. Selbst Schuld! Wer hat denn angefangen? Und es ist uns ganz egal, ob es nur ein bekloppter Herzi war, überhaupt wurde so von unserem Türken-TV-Raum-Thema prima abgelenkt und nun sind es halt die Herzkranken, die Mecker bekommen, egal welcher Nationalität!

Das Beliebtheitsranking ist den Plaudereien und Entscheidungen in der Rauchergruppe hilf- und herzlos ausgeliefert!

Mit größtem Enthusiasmus hatten wir begonnen, Runden um den See zu gehen und/oder zu laufen.
Laufen oder auch Joggen fällt mir nach wie vor schwer, obwohl es mir früher immer eine Freude bedeutete, doch es geht mit Kopfschmerzen einher, deshalb ist Marie mit mir schnellsten Schrittes um den See gegangen. Ich hatte schon die Hoffnung, irgendwann wieder aufs Laufen zu kommen, aber, kurz vorweggenommen, es ist mir nicht gelungen.
Dennoch, wir hatten eine gute Zeit, mit Verlaufen, Weg suchen usw. brauchten wir 1,5 Stunden für die knappen acht Kilometer. Jens war so gemein, uns mitzuteilen, dass er 1 Stunde und 5 Minuten gebraucht hat. Ein anderer, Philipp, hat uns berichtet, seine Bestzeit liegt bei 37 Minuten. Da Philipp Marathonläufer ist, haben wir diese Meldung ignoriert.

Marie und ich ließen uns nicht unterkriegen und brachten es bei der nächsten Runde „schnelles Gehen" immerhin auf 1 Stunde und 15 Minuten.
Es sollte so weitergehen, doch wurde inzwischen von Ärzten und Therapeuten so heftig auf dem Leistungsdruck, den wir uns selbst machen, herumgehackt, dass wir bzw. wenigstens ich, demütig davon abgesehen habe, die Leistung zu verbessern. Marie lief von nun an allein und sie lief auch wirklich,

dabei brachte sie es auf eine Zeit von 55 Minuten! Grandios!

Zusammen gingen wir weiterhin um den See, nicht ohne in das niedliche Hofcafé einzukehren, das am See lag. Dort ist ein normaler Hausgarten mit Bänken, Tischen und Stühlen aller Formen und Farben bestückt und die Dame des Hauses serviert Kaffee und selbstzubereiteten Kuchen. Und ja, natürlich fröne ich dort all meinen Süchten! Kaffee, Kuchen und Zigarette.

Es ist im Grunde recht einfach, mich zufriedenzustellen!
Noch bin ich mir nicht sicher, ob die Ärzte das erreichen wollten. Mich beunruhigt die Ahnung, es sollte auch nicht unbedingt den obigen Ersatz zum Leistungsdruck geben. Tja, ich bin nicht unfehlbar….!

Nochmal zur Herzklinik. Dort findet allwöchentlich ein Kinoabend statt. Extra und nur für uns wird ein Film vorgeführt. Du weißt schon, solche, die in großen Städten in großen Kinos gezeigt werden! Jawohl! Die sehen wir hier in der Klinik! Allem Überfluss zum Trotz und bedenkenlos!
Da gibt es einen Raum, der abends leersteht, tagsüber werden darin Vorträge gehalten. Über einen Beamer, der in der Decke versenkt werden kann, ja…so modern, vergiss nicht, wir sind in der Herzklinik, wird der Film an eine der großen, kahlen, weißen Wände geworfen. Zwei Gardinen vor zwei der vier Fenster werden

zugezogen, damit wir besser sehen können, die anderen beiden Fenster haben keine Gardine. Wir brauchen auch nicht auf dem Boden zu sitzen, es werden ein paar Reihen mit Stühlen aufgestellt, diese Art Stühle, die bei Behörden für die Wartenden auf dem Flur stehen! Ich weiß genau, was Du jetzt denkst, da tut einem ganz schön der Poschie weh, so nach ein bis zwei Stunden. Stimmt! Aber was nimmt man nicht alles für eine weltliche Abwechslung in Kauf! Die Lautstärke wird eingestellt und zwar auf leise, wohl damit niemand dazwischenheult oder so. Schlürf-, Ess- oder Tütenraschelgeräusche kann es nicht geben, weil nichts Ess- oder Trinkbares in den Raum mitgenommen werden darf.

Zu den Ostertagen:
Nach langem Hin und Her haben Chris und ich uns verabredet, den Karfreitag und Samstag miteinander zu verbringen, nicht ohne eine Menge Verhandlungsnachrichten zu wechseln. Ich habe ihm eindringlich vermittelt, dass ich ihn, wenn er schon herkommt, länger als ein paar Stunden sehen möchte. Den vermasselten Montag wollte ich nicht noch einmal erleben. Ich brauche Unterstützung und möchte mich auf ihn verlassen können. So sagte ich ihm, ein Besuch von Freitag 15 Uhr bis Samstag 15 Uhr wäre mir zu kurz und ich stellte als Bedingung, dass er zuhause ehrlich ist und sich keine Story ausdenkt und noch ein paar andere Details. Ich erhielt die Zusage für Freitagmittag bis Samstagabend. Wie sich herausstellte und Du in meiner Erzählung über diese zwei Tage erfahren wirst, werden Chris und ich noch einige Jahre damit verbringen müssen, Begriffe genau zu definieren, insbesondere „morgens, mittags, abends".
Neben unserer Klinik gibt es ein hervorragendes Hotel mit großem Wellnessbereich, dort buchte er ein Zimmer.
Freitag fragten mich alle am Tisch, wann er denn nun ankäme, ich hatte mich quasi abgemeldet, auch für alle Unternehmungen am Samstag sowie die Teilnahme am Osterfeuer infrage gestellt. Ein Türchen habe ich mir noch offen gelassen, was sich später als sehr vernünftig herausstellte.
Als ich um 11.00 Uhr immer noch allein dahockte, sah ich in mitleidsvolle Gesichter,

stellte aber sofort klar, dass ich mir meinen Tag versauen könnte, wenn ich meinen Freund bitten würde, vor 12 Uhr anzukommen.
Ich bin ja nicht verrückt. Schlechte Laune wäre vorprogrammiert. Wirklich verstanden hat das wohl keiner, muss aber auch nicht sein, ich selbst bin auch seltsam genug.
Und selbst wenn ich mit Chris eine feste Uhrzeit abmachte, könnte ich sicher sein, dass er mindestens eine halbe Stunde zu spät käme, das gehört für ihn zum guten Ton!
Hmmm... ich suche nach einem Vergleich.
„Schlafende Hunde soll man nicht wecken" ist wohl mal wieder die richtige und in diesem Fall absolut passende Lebensweisheit! Wieso sollte ich meinen friedlichen Chris durch zu frühes Aufstehen in einen angriffslustigen Dobermann verwandeln?

Ich tendiere dazu, mir vorzustellen, er kommt mittags an, nach seiner Interpretation also gegen 13/14 Uhr und ich freue mich, wenn er dann schon um 12.55 Uhr auf der Bildfläche erscheint. Das nennt man Trick 17 B mit Selbstüberlistung.
Na gut, der Herr kam bereits um 11.15 Uhr an. Das hätte mich beinahe in zeitliche Schwierigkeiten gebracht!
Du kennst das Problem:
Was ziehe ich an? Natürlich gibt es wieder nichts Brauchbares im Kleiderschrank. Eine kurze Überlegung, mir auf die Schnelle das hübsche Teil in der Boutique zu kaufen, die ich

tags zuvor aufgesucht hatte, musste ich gleich wieder verwerfen. Es war Karfreitag.
Also: Jeans mit einem hübschen Top.
Nächstes Problem: Welche Schuhe dazu? Auch hier gab es nicht die Möglichkeit kurzerhand neue zu kaufen. Es war kalt, also Stiefel. Erledigt.
Jede Frau weiß, dass damit schon eine Stunde ins Land gegangen ist.
Die Haare mussten noch geföent werden, ein bisschen ordentlicher als sonst, anständiges Make-up trug ich auf, schlug mich noch mehrere Minuten mit der Auswahl der Farbe für die Lippen rum und damit, die Parfumproben, die ich auf Reisen mitnehme, zu suchen und zu finden.
Bei diesem nervenaufreibendem Geschehen geriet ich dermaßen ins Schwitzen, dass ich fürchtete, gleich wieder duschen zu müssen, die Auswahl des passenden Schmuckes stand auch noch an.
Just in time war ich fertig und mir fällt immer wieder der Leitsatz meiner Mutter ein: „Alles dauert so lange, wie man Zeit hat!" Der Sinn liegt nicht unbedingt darin, dass man auf jeden Fall rechtzeitig fertig wird, sondern darin, dass man die Zeit immer irgendwie voll ausschöpft und egal wie viel Zeit zur Verfügung steht, letztendlich gerät man in Hektik.
Ich weiß nicht, wie es Dir geht, aber für mich trifft es hundertprozentig zu.

Ich sah recht passabel aus und Chris ist auch nicht an mir vorrübergegangen, demnach hatte ich es nicht übertrieben.
Wir sind kurz essen gegangen, Chris benötigt immer um 12 und um 19 Uhr Futter! Danach haben wir den Tag im Wellnessbereich des Hotels verbracht und meine gesamte morgendliche Arbeit war in Sekundenschnelle überflüssig geworden oder vielmehr zerstört! Ein Blick in einen Spiegel zeigte dies eindeutig! Die Haare kringelten sich in alle Richtungen, die Wimpertusche hatte sich über mein Gesicht verteilt.
Und weißt Du was?! Chris hat es nicht mit einem Wort erwähnt. Ich fragte ihn, warum er mich so rumlaufen ließ, und er sagte, es sei ihm gar nicht aufgefallen, außerdem sei es ja wohl in der Sauna egal und immerhin, erwähnte er, nicht ohne sein, mir wohlbekanntes, verschmitztes Lächeln aufzusetzen, würde sich so wenigstens kein anderer an mich heranmachen. Ha, ha!

Hast Du da noch Töne? Ich drehe noch durch mit diesem Kerl! Na warte, Freundchen! Das nächste Mal habe ich einen Küchenkittel und Gummistiefel an sowie Lockenwickler im Haar und empfange Dich mit einer Dose Bier in der Hand! Oder noch besser: Ich setzte eine Gasmaske auf!
Männer! Wenn er es dann auch nicht bemerkt, trenne ich mich endgültig von ihm! Versprochen!

Abends waren wir nochmal aus, es gab einige Schwierigkeiten mit dem Parken, denn Chris besteht auf einem Parkplatz direkt vor der Tür, außerdem möchte ich nicht unerwähnt lassen, dass ich mit ungeföntem, lockigen Haaren und ungeschminkt unterwegs war, daher ebenso mit einem Parkplatz direkt vor der Tür einverstanden und möglichst mit einem Tisch in dunkler Ecke, maximal Kerzenschein dabei……! Es ergibt sich manchmal per Zufall, dass wir einer Meinung sind.
Wir verbrachten noch die Zeit bis 22.50 Uhr zusammen, dann musste ich zurück in mein Körbchen, es gibt bezüglich der Hausregeln nämlich keine Ausnahmen.

Wir verabredeten, dass ich ihn am nächsten Morgen um 8 Uhr per Türklopfen wecken soll. Zuerst meinte ich, mich verhört zu haben. „8 Uhr? Wirklich? Und Du wirst mich deshalb auch nicht lynchen?" – „Nein, warum sollte ich Dich deshalb lynchen?"
Sei ehrlich Kathleen! Durch diesen Mann würdest Du auch nicht durchsteigen! Es ist eine Art Achterbahnfahren mit ihm oder doch eher russisches Roulette. Gerade hattest Du Glück, zogst den Abzug und warst noch am Leben, wiegst Dich in Sicherheit, doch der nächste Abzug könnte den sicheren Tod bedeuten!
Bei uns ist immer nur die Frage, wer als nächstes die Kugel erwischt.

Ich will ehrlich sein! Ihm geht es mit mir nicht anders. Mal finde ich es toll, wenn Chris

unangemeldet vor der Tür steht, ein anderes Mal blaffe ich ihn an, wie er dazu kommt und dass er sowieso nur schnell zum Klo will und gar nicht mich besuchen will und überhaupt....!
Die begonnenen Wechseljahre mit den nicht von der Hand zu weisenden Stimmungsschwankungen tragen einen nicht unerheblichen Anteil dazu bei!
Wäre ich ein Mann, würde ich mich als „Wechseljahrebegleiter" selbstständig machen! Ich wette, die Männer wären bereit, einen Haufen Geld hinzublättern, wenn ihnen jemand für zwei bis drei Jahre die Frau in den Wechseljahren abnehme und dann in tadellosem Zustand zurückgebe. Jeder Personaltrainer sollte sein Portfolio um diesen Bereich erweitern!
Sieh Dich in Deinem Kollegenkreis um! Betrachte Männer, deren Frauen schwanger sind. Denen geht es schon dreckig genug, Müdigkeit, seltsamer Gang, häufige Bauchschmerzen, Kopfschmerzen usw. Männer sind mitunter schwangerer als ihre Frauen, deshalb sagen wir immer: „Ach, der ist schwanger! Nimm es nicht so genau!" Und dann schaust Du Dir Männer zwischen 52 und 60 Jahren an! Keine Haare mehr auf dem Kopf, durch ständiges Haareraufen, übernächtigtes Gesicht wegen ewiger Diskussionen mit der Frau, ständig am Telefon, weil die Frau anruft und sich beklagt, Überstunden sind nicht mehr drin, weil er einkaufen gehen soll, auf der Einkaufsliste stehen Ananassaft und irgendein Diätpulver usw. usw. Denen geht es tatsächlich

schlecht, zumal sie auch noch uns als Kolleginnen haben und ich bin häufig versucht, ihnen ein paar von meinen Antidepressiva zu verkaufen! Aber die wollen partout ihren Herzinfarkt! Manche haben nebenher auch noch Kinder im Pubertätsalter! Ich würde mich gleich erschießen!
An dieser Stelle darf ich Chris wohl loben. Mit einer Gelassenheit, die mich auf die Palme bringt, erträgt er meine Staralüren und ignoriert sämtliche Gemütsschwankungen, er kann das sowieso besser als ich.

Nun denn, ich beschloss, das Kugelrisiko etwas zu minimieren. 8 Uhr schien mir die sichere Kugel zu sein. Chris' übliche Weckzeit liegt zwischen 10 und 11 Uhr. Anerkennung an seine Frau! Ich hätte ihm schon längst den Hals umgedreht! Jeden Morgen stehen drei Kinder auf, brauchen Frühstück, wollen auf den Weg gebracht werden, teilen noch das eine oder andere mit, ziehen sich gegenseitig an den Haaren, kurz: eine Stunde Theater und der Herr liegt im Bett!
Ich entschied mich für 9 Uhr und klopfte zaghaft an die Hotelzimmertür, indes versuchte mein Herz, dieses leise Geräusch mit wildem Angstklopfen zu übertönen.
Die Tür wurde sofort geöffnet. Kein zweites oder drittes oder viertes Klopfen war erforderlich und das hatte nichts Gutes zu bedeuten!
In der Tat! Chris schaute verdrießlich drein, vor den Augen eine Sonnenbrille, der Fernseher lief

und ich beinahe auch. „Liz, zwei Hacken, eine Staubwolke! Sieh zu das Du wegkommst! Das sieht gar nicht gut aus!"

Diesen Gedanken hatte ich noch nicht zu Ende gedacht, da sprudelte es auch schon aus ihm heraus: „89 Euro für dieses Zimmer!", schimpfte er „Und es gibt nicht mal Verdunkelungsmöglichkeiten. Kein Schlaf! Siehst Du, wie die Sonne scheint? Direkt auf mein Gesicht! Das kann kein Mensch aushalten! Ich bin schon seit zwei Stunden auf!" – „Wieso hast Du gar nicht geschlafen?", frage ich, denn immerhin war er erst seit sieben Uhr auf und zwischen 22.50 Uhr, als ich ihn verließ und 7 Uhr, als er aufwachte, lagen ein paar Stunden.

„Nein", meinte er „ich habe noch bis drei Uhr ferngesehen und dann konnte ich nicht einschlafen!" – „Aha!", dachte ich und „Wie bekomme ich diese Kuh jetzt vom Eis?" Chris bot sogleich die Lösung an: „Kaffee, ich brauche Kaffee!" Wie recht er hatte, ein Gefühl, das inzwischen zu meinem ständigen Begleiter geworden ist.

Nur leider verfügte dieses sauteure 89 Euro Hotelzimmer nicht mal über einen Wasserkocher und Kaffeepulver, sodass Chris sich anziehen musste, ich ließ vorsichtshalber keinen Pieps verlauten und wir gingen in den Speisesaal des Hotels.

Wir erschienen im Speisesaal. Ich, natürlich, perfekt gestylt und sein Gesichtsausdruck war ebenso zerknittert wie Hemd und Hose. Außerdem trug er seine Sonnenbrille.

Spätestens jetzt hoffte ich auf einen Ansturm von Menschen, die uns um ein Autogramm bitten würden. Wir sahen aus wie Mick Jagger mit seiner Managerin oder wie Tina Turner mit ihrem Leibwächter. Alle ein wenig in die Jahre gekommen...
Moment, ich suche mein Feuerzeug! Irgendein Trottel hat es verlegt!

Gefunden! Es lag auf dem Boden, sogar zwei Stück und außer mit läuft hier kein anderer Trottel rum, also war ich es wohl selbst....

Speisesaal... Für mein Empfinden, oder eher was ich glaubte, Chris' Empfinden zu sein, brauchte die Bedienung etwa 10 Sekunden zu lang, die können entscheidend sein, um Chris einen „ordentlichen Kaffee" zu bringen. Auf dem Tisch stand eine Thermokanne mit Filterkaffee herum, das rief bei ihm ziemlichen Unmut hervor, den er auch laut äußerte.
Inzwischen hatte ich mein gelangweiltes Lächeln aufgesetzt und mich kurzfristig abwechselnd in die Rolle Mick Jaggers Managerin und Tina Turners begeben. Sollen alle anderen uns doch für verrückt halten. Entweder bin ich diejenige, die mit dem durchgeknallten Mick Jagger an einem Tisch sitzt oder er ist derjenige, der für Tina Turner einen Aufstand betreibt, um für sie einen guten Kaffee zu besorgen. In jedem Fall darf ich an diesem Tisch sitzen, an dem sich das echte Leben abspielt!

Der erste Kaffee hat für eine gewisse Aufmunterung gesorgt, vielleicht auch die Tatsache, dass die Kellnerin schon mit dem zweiten Kaffee um die Ecke stand und nur auf sein Zeichen wartete. Kluges Mädchen, so hätte ich es auch gemacht. Der Moment kam nämlich und sie war prompt vor Ort! Chris war mittlerweile in der Lage ein, zwei, drei Gedanken an Nahrungsaufnahme zu äußern. Das ist stets ein gutes Zeichen. Zwar eine Art Gratwanderung, denn nun kam es darauf an, schnell das Richtige auf den Teller zu bekommen, aber immer noch besser als gar kein Essen!

Irgendwann, den Zeitpunkt darf ich salopp eineinhalb Kaffee nennen, ging er zum Buffet. Ich saß mit dem Rücken zum Buffet, eine weise Entscheidung, liebt er Buffets doch gar nicht, und ich drehte mich auch nicht um, als es beängstigend lange dauerte bis er wieder zum Tisch zurückkam. Ich hörte ihn schon, denn den Rückweg nutzte er, um jeden Gast lautstark darüber in Kenntnis zu setzen, dass das Rührei aus einem Tetrapack komme, wie ihm soeben der Koch, wohl ein depperter Praktikant, auch noch idiotischerweise mitgeteilt habe. Auweia! Mir tat da schon jeder leid, der mit uns in Berührung kommen würde, inklusive mir selbst!

Es erinnerte mich an eine Situation in einem Restaurant vor ein paar Monaten. Wir hatten uns gerade gesetzt, die Bedienung kam und fragte, ob wir schon Getränke bestellen möchten, da fragte Chris, ob sie erst mal den Tisch abwischen könnte. Am Rande erwähnte er ihr gegenüber noch, wir seien nicht kompliziert. Woraufhin ich sagte: „Doch, wir sind kompliziert!" Zuvor hatten wir nämlich in zwei anderen Restaurants Streit angefangen und waren gegangen, einmal weil mir der Tisch zu klebrig war und ein Mal, weil der Oberkellner Chris nicht richtig zugehört hatte bzw. auf eine Frage mit einer Gegenfrage geantwortet hatte. Also ja, wir sind kompliziert. Die gesamte Zeit während dieses Essens sahen wir die Bedienung nicht wieder, die hatte uns sodann Monsieur le Patron persönlich zur Seite gestellt, ein furchteinflößender, großer, stämmiger, südländisch aussehender, temperamentvoller Mann….!

Ich bin Kummer gewohnt und außerdem liebe ich Herausforderungen jeglicher Art, so sah ich den Entwicklungen des Tages mit sportlichem Engagement entgegen.
Wir checkten aus und fuhren, es war zum Glück warm, mit offenem Verdeck in einen anderen Ort an einem See.
Die Laune besserte sich und ich notierte mir eine neue Strategie. Wann immer Chris schlecht gelaunt ist, lass ihn Autofahren!

Wir stöberten ein wenig in Geschäften rum, hatten Spaß, es war kurzweilig, bis sich wieder Hunger einstellte. Der Tag war durcheinander.

Erstes Essen vor 12 Uhr und nun war 12 Uhr überschritten, ein gefährliches Unterfangen.
Es trug sich nun zu, dass kein geeignetes Restaurant zu finden war, schon gar nicht mit Parkplatzvor der Tür und wann immer irgendwas mit Ei auf der Speisekarte stand, ist das Restaurant knapp einem Angriff entgangen und das Thema Tetrapack war für mindestens 30 Minuten auf dem Plan.
Nach 12 Uhr, kein Parkplatz und Ei aus dem Tetrapack ist zu viel des Bösen!
Ein paar Orte weiter, inzwischen 14 Uhr überstieg das Hungergefühl die Übellaunigkeit, eine explosive Mischung und ich hoffte inständig, dass nicht auch noch ein Opel auftauchen würde, die Marke Fahrzeug, die Chris nicht ausstehen kann.
Ich sah linkerhand ein Restaurant und rechterhand einen Parkplatz, freie Plätze auf der Terrasse direkt am See, kein Opel in Sicht und rief: „Rechts rum! Parken! 20 Schritte zu Fuß, 10 Minuten warten und Du bekommst Futter!"
Es hat funktioniert! Puh! Und ich trug immer noch mein Lächeln auf den Lippen!
Sei stolz auf mich!

Meine kleinen Antennen sagten mir, dass noch irgendwas im Busch war. Ich sollte Recht behalten und so erhielt ich mit einem Mal folgende Aussage:
„Du, Liz! Ich fahre dann auch bald nach Hause!"

Wie? Was an dem Wort „abends" hatte er anders verstanden als ich?
Wenn sein „mittags" für ihn später ist als mein „mittags", dann müsste sein „abends" folgerichtig später sein als mein „abends". Bei ihm ist manchmal sein irgendwas seins und wenn es passt auch mal mein irgendwas seins. Je nachdem….! Aber nun ist mein „abends" nicht 15/16 Uhr sondern 19 Uhr. Ich werde uns für die Zukunft ein Vokabelheft anlegen. Etwas, das Paare sowieso tun sollten! Er fragt: „Schatz, hast Du mein dunkelblaues Hemd gesehen?" und sie brüllt entnervt zurück „Ich hatte noch keine Zeit, Dein Hemd zu bügeln!" und es folgt eine Auflistung sämtlicher Tätigkeiten, die sie in den letzten drei Tagen zu erledigen hatte, während er mit dem Kopf auf die Tischkante knallt. So ist es doch, oder?

Ich fragte ihn also „Musst Du noch einkaufen und kochen?" Er ist nämlich am Wochenende für das leibliche Wohl der Familie verantwortlich, ich allerdings hatte darum gebeten, dass er mich nur besucht, wenn er den Rücken frei hat.
Er ahnte wohl, was auf ihn zukam und antwortete: „Nein, nein! Ich bin nur müde. Vielleicht gehe ich noch einkaufen." Meine kriminalistische Ader kam zum Vorschein und ließ mich an dieser Aussage zweifeln. Es war kein klares Nein! Meine Wechseljahrehormone meldeten sich und ich war kurz vorm Rumzicken, überlegte es mir aber anders, denn ich wollte nicht mit dem Bus zurück nach Reha-

City fahren, schlappe 70 km, stattdessen fragte ich sanft:
„Wollen wir zurückfahren, noch einen Kaffee zusammen trinken und dann fährst Du nach Hause?" Er willigte ein, aber es war dieses typische „Ich sage Ja, damit sie ruhig ist".
Wir gondelten zurück, hörten laut Musik und ich hielt meine Klappe.

Angekommen, ging das Parkplatztheater wieder los, Chris war müde und dann meinte er „Ich muss ja auch noch einkaufen und kochen!"
Herrschaftszeiten! Dieses Tam Tam mit dem Kochen für die Kinder, immerhin keine Kleinkinder mehr, geht mir auf den Senkel! Wie es aussieht, stirbt dort zuhause jemand, wenn der Terminplan nicht auf die Sekunde eingehalten wird. Dabei wird dort die meiste Zeit darauf verwendet aufzupassen, dass die anderen nicht von den in Stein gemeisselten Abläufen abweichen. Wer sich zuerst bewegt, hat verloren!
Manchmal bin ich drauf und dran, als Ersatz für Chris, wenn er bei mir ist, eine Haushälterin für seine Familie zu engagieren, damit dieses Gequengel aufhört.
Fakt war aber, dass er ein bisschen geschwindelt hat und das mag ich gar nicht.
Ich lächelte weiter und er fuhr ab. Meinen Unmut habe ich ihm in ein bis hundert E-mails dargelegt und geschrieben, dass ich auf solche Besuche verzichte. Wenn ich eines nicht ausstehen kann, dann ist es fremder Stress,

mit dem ich nichts zu tun habe und den dürfen andere gern für sich allein behalten, ich habe meinen eigenen.

Ich war auch wütend, denn andere Verabredungen hatte ich abgesagt und es bereitete mir Mühe, mich wieder einzuklinken, aber so war ich dann doch wenigstens beim Osterfeuer. Gut, dass ich mir noch Türen offengelassen hatte, eine kleine Ahnung hatte ich wohl schon. Ich habe immer Plan B in der Schublade!
Chris habe ich dann ein paar Tage schmoren lassen. Ich werde weiter berichten...

Ostersonntag kamen Michael und Lilly zu Besuch. Das brachte meine hiesigen Freunde in gedankliche Schwierigkeiten. Wer war nun der Mann mit dem Kind, das mir um den Hals fiel.

So normal, wie es für uns ist, klärte ich den Sachverhalt auf und sagte: „Das ist mein Exmann mit seiner Tochter!" Als ich später beim Abendbrot von dem wunderschönen Tag, den wir gemeinsam verbracht hatten, berichtete, hörte ich förmlich das Rattern in den Köpfen, hatte ich doch schlechtgelaunt von Chris' Besuch erzählt.

Ist das wirklich so ungewöhnlich? Etwas Besseres gibt es doch gar nicht, als dass alle friedlich miteinander umgehen. Lilly sagt zu meinen Eltern Oma und Opa.

Naja, wir hatten schönes Wetter und spazierten bis zum Hofcafé, ein Weg von 30 Minuten und etwa ein Viertel des Weges um den See herum.

Du und Tom wart ja auch mit mir dort.
Übrigens glaube ich, Tom hat uns nicht so ganz ernst genommen mit unserer Idee, dass wir in zwei Jahren eine WG aufmachen, das Haus in England behalten und zudem auch noch ein Häuschen an der Ostsee zu Verfügung haben. Er denkt, wir scherzen. Du solltest ihm sagen, dass wir es ernst meinen, sonst redet er sich wieder raus! Du siehst an meinen Erzählungen, wie Männer sich geschickt rausreden!

So gingen wir also am See entlang und durch den schönen Wald bis zum Hofcafé.

Im Hofcafé versuchte Lilly rauszuholen, was immer möglich war. Wir bestellten Kaffee, Kakao und Kuchen. Auf die Nachfrage der Eigentümerin, ob es Sahne zum Kuchen geben soll, rief Lilly voller Freude: „Ja und bitte auch auf dem Kakao!"
Wir haben beide Töchter, Kathleen, und das beleidigte Gesicht von Lilly kannst Du Dir deshalb auch vorstellen, wenn ich Dir sage, dass wir sie zwangen, sich entweder für Kuchen mit Sahne oder für Kakao mit Sahne zu entscheiden.
Sie entschied sich für den Kakao und ich gehe jede Wette ein, dass sie bestimmt die Hoffnung hatte, Michael und ich nehmen Sahne auf dem Kuchen und sie kann davon buchstäblich etwas absahnen. Doch wir nahmen beide keine Sahne und nun kam das uns bekannte Mädchen-Schmoll-Gesicht zum Vorschein. Herrlich!

Langweilig wurde es nicht. Im Café laufen Hühner rum, nebenan im Stall entdeckte sie sogar ein Schwein. Alle Gäste bezog sie in ihre Begeisterung ein und sie hüpfte von einer Ecke zur anderen.
Die beste Idee war wohl, ihr den Fotoapparat zu geben. Im Café war überall etwas zu entdecken und ein Foto wert. Alte Körbe und Krüge, teilweise hübsch bepflanzt, Windmühlen, alte Waschschüsseln, Gartenfiguren und vieles mehr.
Die Zeit verging wie im Fluge und wir entschieden uns, ganz um den See

herumzugehen, auch wenn wir Zweifel hatten, ob Lilly es durchhalten würde.
Der Fotoapparat trug entschieden zum Gelingen bei. Lilly hat wunderschöne Fotos geschossen, erstaunlich gute für eine Achtjährige.
Wir sahen Pferde auf der Koppel, einen Brunnen mit alter Pumpe, Rapsfelder, Käfer, Schafe, Wege, die sich durch das lichtdurchflutete Grün schlängelten, ins Wasser gestürzte Bäume mit deren verworrenen Wurzeln, taten Kinderblicke durch das Schilf auf das Wasser, nahmen die Klarheit des Wassers zur Kenntnis und sahen kleine Bächlein auf denen kleine Wogen in der Sonne glitzerten, wir sangen und spielten kleine Fußmarschspiele wie z.b. „Vorwärts, rückwärts, seitwärts, ran" Das kennst Du bestimmt auch noch!

Insgesamt waren wir 3 ½ Stunden unterwegs und haben wohl einen Rekord aufgestellt, wie lange man einen Spaziergang um den See herum ausdehnen kann. Es braucht nur Kinderaugen und ohne Lilly hätte ich niemals all diese Schönheiten entdeckt. Ein Genuss!
Am nächsten Tag wollte Lilly mich gleich wieder besuchen, aber das wäre zu viel gewesen und außerdem wäre es nicht gleich wieder so aufregend für sie geworden.
Sie hat mir stattdessen einen sehr lieben und niedlichen Brief geschrieben! Der Briefumschlag war mit Ihren Zeichnungen

übersät und ich bin froh, dass die Post clever genug war, die Adresse dazwischen zu finden.

Nach solch einem schönen Tag ist es doch verständlich, dass ich mehr als glücklich und zufrieden war.

Miss Psych fand es interessant, dass ich so viel mehr Positives von dem Treffen mit meinem Exmann und seiner Tochter zu berichten wusste als von dem Treffen mit meinem Freund. Tja, das ist wohl so, erklären kann ich es auch nicht. Manchmal ist es bestimmt auch umgekehrt, so ist das Leben. Mal gewinnt man, mal verliert man.

Und außerdem steht nicht die Frage des entweder Chris oder Michael und Lilly im Raum.

Und eine einzige schlechte Minute mit dem Freund wiegt erstaunlicherweise oft mehr als die 600 schönen Minuten zuvor. Seltsam, aber wahr.

Seit ich angefangen habe, Dir zu schreiben, sind ein paar Tage vergangen und die verschiedenen Therapien haben einiges bewirkt. Wir sind alle etwas ruhiger und ein gewisses Alltagsleben hat sich eingestellt.

So sagte Christine eines Morgens am Frühstückstisch in die Stille hinein, sie würde sich ganz gern mal wieder austoben, z.b. beim Badminton spielen. Alle an unserem Tisch sahen so aus, als wenn sie gern etwas außerhalb des Terminplans unternehmen würden. Also verabredeten wir, nach dem Mittagsessen darüber zu entscheiden, denn wir hatten einen freien Nachmittag. Unterdessen brachte ich in Erfahrung, dass wir gegen Pfand am Abend die Schlüssel für die Turnhalle bekommen können und dort alle Sportgeräte nutzen dürfen. Die Idee kam nicht sonderlich gut an, denn nach dem Abendessen sind wir meist platt und hocken gern auf unseren Zimmern rum. Außerdem kam die Sonne durch und wir entschieden uns für Minigolf.

Wie soll es anders sein, auf dem Weg kam das Thema Leistungsdruck in den Fokus. Wir sollen uns unbedingt davon befreien, heißt es in jeglicher Therapie und sehr uncharmant fand ich die Ausführung eines Arztes in einem Vortrag, ab einem Alter von 40 Jahren geht es ohnehin bergab und die gewünschte Leistung kann nicht mehr erbracht werden. Muss es immer die Holzhammermethode sein? Grässlich!

Schließlich fanden wir uns auf dem Weg zum Minigolf darin wieder, unseren Leistungsdruck runterzuschrauben, indem jeder von uns verlauten ließ, er könne überhaupt gar nicht Minigolf spielen, das letzte Mal sei schon Jahre her und wenn man überhaupt einlochte, wäre es mehr Glück als Verstand usw. usw. usw. Fast gewann ich den Eindruck, es ginge darum, so viele Schläge wie möglich zu benötigen. Im Grunde wäre das auch logisch, denn der Preis für eine Runde Minigolf ist immer gleich hoch, egal ob viele oder wenige Schläge benötigt werden. Von der spaßigen Seite betrachtet, ist es demnach cleverer, viele Schläge auszuüben. Nun wäre es aber auch dämlich zu sagen, derjenige, der wenig Schläge benötigt, bringe zwar eine gute sportliche Leistung, dafür sei er aber unclever und umgekehrt.
Es ist ein Kreuz! Wie Du es drehst und wendest, es kommt ein neues Problem dabei heraus.
Wir diskutierten nicht weiter und begannen einfach zu spielen.
Christine fing an, Streit zu machen, sie lochte bei den ersten drei Bahnen mit nur einem Schlag ein. Natürlich bekam sie Schimpfe wegen des Leistungsdrucks, den sie nicht nur auf sich selbst ausübte, sondern auch auf uns alle! Ich selbst benötigte bei einer einfachen Bahn sechs Schläge, um genau zu sein, war der Ball auch beim sechsten Schlag nicht eingelocht und mir wurden deshalb sieben Punkte eingetragen. Immerhin bekam ich ein Lob von den anderen. Ich hatte gut

verstanden, mich nicht unter Druck zu setzen und nur am Rande erwähnt: Bei der Netzbahn, die wohl für jeden eine Herausforderung darstellt, brauchte ich nur zwei Schläge! Ha! Hin und wieder drohte ich angesichts meiner erfolgreichen Mitspieler, künftig täglich zu trainieren, dann würden wir uns wiedersehen und ich würde bei einem möglichen Abschiedsturnier den ersten Platz belegen.
Christine war in Bestform, gestand uns jedoch, dass sie an diesem Tag eine außerordentliche Wut plagte und deshalb war ihr keine Bahn schwierig genug. Jens war natürlich als einziger Mann der Beste, musste aber über sich ergehen lassen, dass er als Mann, wie im Sport üblich, ein paar Zusatzpunkte obendrauf kassiert. Pferde bekommen auch Gewichte aufgelegt, um beim Pferderennen dem Feld ein Gleichgewicht zu geben.
Nebenbei: Beim Minigolf geht es darum, so wenig Punkte wie möglich zu bekommen.
Wir haben viel gelacht und Spaß gehabt. Den Betreibern des Minigolfplatzes haben wir abschließend damit gedroht, am nächsten Tag wiederzukommen. Sie wirkten hocherfreut, was bei uns auf Fassungslosigkeit stieß. Wissen die denn nicht, wer wir sind?
Wir marschierten ab zum nächsten Café. Endlich! Ich fürchtete, das eigentliche Ziel, sei bei all dem Sport verloren gegangen! Kaffee!

Auf dem Weg kam mir die Idee, dass wir alle unseren Einzeltherapeuten eine ungeheuerliche Geschichte vom Minigolfen auftischen und wir

uns nun alle an den Anfang der Reha zurückversetzt fühlten, weil es fast wie bei der Arbeit war, und der eine oder andere von uns aufgrund seines Misserfolges in Depressionen geraten sei. Dann gibt es garantiert eine Einzeltherapeutenkonferenz. Jens meinte, wir sollten das lassen, und er behauptete, die würden uns rausschmeißen oder in die Psychiatrie stecken. Also ich weiß nicht, das wäre doch überzogen. Mir wäre es den Spaß wert gewesen! Ich weiß, wie ich Menschen in die Verzweiflung treiben kann. Ich habe Jens noch damit locken wollen, dass wir in der Psychiatrie vielleicht alle zusammen ein Gruppenzimmer bekommen könnten... Es dauerte eine Weile bis bei ihm der Groschen fiel.
Er hält sich recht gut als einziger Mann in unserer Mädelstruppe, doch das wäre eine Überforderung.

Ehrlich! Hut ab! Er macht jeden Spaß mit, hört sich dumme Sprüche an, lauscht wenn wir über vorüberschreitende Männer lästern, uns das eine oder andere ausmalen, besonders als eine recht betagte Frau mit einem sehr jungen Mann Hand in Hand an uns vorbeiging usw. usw. So hat er auch diesen Nachmittag mal wieder schlagfertig überstanden und wir Mädels hoffen auf so manche Danksagung seiner Frau, denn er wird relativ gelassen nach Hause zurückkehren, sozusagen mit allen Wassern gewaschen und voller Dankbarkeit dafür, dass seine Frau seine Frau ist, niemals wieder wird er sich bei einem Kaffeeklatsch verdrücken, nein, er kann sogar mitreden! Das ist sicher! Wirklich! Er hat selbst zugegeben, dass er jetzt so einiges bei Frauen besser versteht!

Hingegen durften wir beim Abendessen einen anderen männlichen Patienten mit seinem, sagen wir mal, Adjutanten kennenlernen.
Mit einem Mal, Marie hat sich wahnsinnig erschreckt, knallte dieser Typ mit beiden Händen auf unseren Tisch, redete furchtbar laut und wollte an uns eine (eine einzige) Karte für irgendeine Veranstaltung loswerden, keiner wollte diese haben und er ließ nicht locker und meinte wohl seine Karte besser loswerden zu können, wenn er uns für bescheuert erklärt. Ich bin mir ganz sicher, dass er Versicherungsvertreter ist. Nach dem Motto: „Wenn Sie zu blöd sind einzusehen, dass sie nach ihrem Tod Geld in Hülle und Fülle brauchen, also eine Risikolebensversicherung, kann ihnen wirklich niemand mehr helfen….!" Nun, bei uns hat diese Strategie nicht funktioniert, wir nahmen die Karte nicht mal für geschenkt.
Immer wenn ein Geschenk im Spiel ist, läuten bei mir alle Alarmglocken! Wer verschenkt heutzutage noch etwas, ohne einen Profit zu riechen?
Wer weiß, wer sich bei der geschenkten Veranstaltung noch rumtummelt.
Ich sah uns schon auf einer Art Butterfahrt, wie früher mit Omi. Kennst Du diese Billigreisen? Für 99 Euro, und ich dachte schon 101, fliegst Du bis sonstwo, bekommst Übernachtungen in schönen Hotels und noch dazu sind die Busfahrten zu den Sehenswürdigkeiten im Preis inbegriffen. Besser geht es doch gar nicht, eher gesagt, billiger geht es gar nicht.

Kaum sitzt Du im Bus, starten die Verkaufsveranstaltung.
Am Ende der Reise fliegst Du mit Übergewicht zurück, ich meine, der Koffer hat Übergewicht, nicht Du selbst. Du bist um Einiges ärmer geworden, dafür im Besitz einer unnützen Heizdecke, eines Apartments im Nirgendwo etc.
Im Nachhinein habe ich erfahren, dass er und sein Adjutant schon länger in der Klinik sind als wir, uns ist er bloß noch nicht aufgefallen, wahrscheinlich sind wir immer an ihm vorbeigezogen, ohne ihn zu beachten. Jetzt, da er sich mit uns bekannt gemacht hat, lässt er keine Gelegenheit aus, uns mitzuteilen, dass die eine oder andere Frisur gut oder schlecht ist, wie unser Kleidungsstücke aussehen und was weiß ich nicht noch alles, und diesen Schwachsinn muss jede Frau hier über sich ergehen lassen.

Dabei sind Frauen zu beobachten, die sich an diesen Typen ranhängen und ihm hinterherlaufen. Es sind nicht wenige.

Das Prinzip ist recht einfach.
Er spricht einer Frau ein Kompliment aus.
Sie freut sich und sucht seine Nähe.
Nach einiger Zeit spricht er eine Kränkung aus.
Sie geht beleidigt weg.
Zwei Tage später steht sie wieder bei ihm, in der Hoffnung, mit einem erneuten Kompliment

seinerseits, den Schmerz der Kränkung kompensieren zu können.
Inzwischen ist eine neue Frau an seiner Seite und es entsteht Eifersucht, die Frauen begeben sich in ein Rennen.
Auf diese Weise hat er einige Frauen gesammelt und steht als Frauenheld der Klinik da.

Ich gestehe, auf diese Taktik früher auch schon mal reingefallen zu sein. Selbst wenn das böse Problem erkannt wird, ist es mehr als schwierig sich aus diesem System zu lösen. Ich weiß, wovon ich spreche!

Sein Adjutant scheint ganz vernünftig zu sein und ist irgendwie in diese Maschinerie hineingeraten, die beiden sind am selben Tag angekommen.
Gemeinsam stellen die zwei ein Horrorduo dar. Niemals um Worte verlegen, immer einen sexistischen Spruch auf den Lippen tragend, stets angriffslustig, bedenken sie jede Frau mit Ihren Kommentaren.
Allein ist der Adjutant ein vernünftiger, höflicher, angenehmer Gesprächspartner.
Auch ein geläufiges Erscheinungsbild.
Einer von zwei zusammen auftretenden Männern ist der Brutalotyp und der andere der Sanfte. Guter Bulle, böser Bulle….! Oh mein Gott!
Wenn ich jemals wieder auf Partnersuche sein wollte, werde ich mit einer Frau losziehen, die ein Faible für Brutalotypen hat. Auf diese Art

können wir nicht in Konflikt geraten und streiten womöglich um Herrn Sanfto.
Das wäre also geklärt.
Schade, Kathleen! Unter diesem Aspekt werden wir beide leider niemals in den Genuss kommen, gemeinsam auf die Männerpirsch zu gehen.
Jedenfalls nenne ich die beiden liebevoll Clever & Smart und meide den Umgang mit ihnen.

Ich durfte die Oberarztvisite über mich ergehen lassen. Es war nicht besonders spektakulär. Der Oberarzt hat mir mitgeteilt, dass all meine Werte, EKG, Blut usw. total in Ordnung seien, ich also gesund sei. „Aber….", meinte er „Trotzdem sind Sie krank!"
Toller Witz!!!! Ganz toll! „Die Rentenversicherung ist offensichtlich nicht dieser Meinung!" konterte ich „Die sagen, wer arbeitsfähig hier ankommt, wird auch arbeitsfähig entlassen!" Das hat man nun davon, wenn man sich bis zuletzt kaputtschuftet, es gerade noch bis zur Reha aushält, da wird einem ein Armutszeugnis ausgestellt, weil man zu blöde war, sich vorher krankschreiben zu lassen, so etwa 6 Monate lang, solange dauert es nämlich bis eine Reha genehmigt wird.
Schon wieder nehme ich die Witterung auf und finde eine Methode darin.
Jemand ist krank. Offensichtlich schwer krank, sonst gebe es keinen Antrag auf Rehabilitation. Gerade Depressionen können lebensgefährlich sein.
Die Versicherung lässt sich lange, lange Zeit mit der Bewilligung der Reha-Maßnahme.
Könnte dahinter der Wunsch stehen, den Patienten vor der Reha durch Eintritt des Exitus loszuwerden? Ein potentieller Rentner weniger?

Der erste Antrag wird anscheinend immer abgelehnt. So war es bei mir und so war es auch bei jedem Patienten mit dem ich hier in der Klinik darüber gesprochen habe.

Als ich meine Absage bekam, habe ich in meinem Einspruch Folgendes dargelegt:
1. Ich bin krank, das hat sogar die Krankenversicherung festgestellt bzw. zu spüren bekommen.
2. Ich habe keine Lust darauf, wegen meiner Krankheit in Frührente gehen zu müssen, sondern bin vielmehr daran interessiert weiterzuarbeiten, schon weil ich mich zuhause langweile.
3. Bei meinem Gehalt und mit den damit verbundenen hohen Beiträgen an die Rentenversicherung stelle ich einen sehr guten Kunden dar. Ja, ich habe extra das Wort Kunde verwendet. Denn ich zahlen dem Verein Geld und mir sind dafür Leistungen in Aussicht gestellt worden!
4. Ich habe nicht unerwähnt gelassen, dass die Rentenversicherung sich doch wohl darum bemühen sollte, meine hohen Beiträge weiterhin in die Kasse zu bekommen anstatt womöglich Frührente zahlen zu müssen.
5. Ich habe auch versichert, dass ich bei Entgegenkommen und Bewilligung der Rehamaßnahme durchaus gewillt bin, weiterhin Mitglied in ihrem Verein zu bleiben, indem ich mehr als interessiert bin, durch diese Maßnahme, meine Arbeit wieder aufzunehmen und bis zum Rentenalter dabei zu bleiben.

Es sieht so aus, als wenn die das begriffen haben, denn nun bin ich hier.

Überhaupt ergibt es viel mehr Sinn, eine Reha so zu betrachten, dass der Patient gepflegt wird und möglichst wieder ganz gesund wird, auch wenn es im Anschluss bedeutet, noch ein paar Tage arbeitsunfähig zu sein. Der Oberarzt war meiner Meinung und versicherte mir, dass ich nach der Reha bestimmt nicht sofort wieder voll arbeiten gehen könne.

Mich beunruhigt dieser Unfug etwas, denn im Moment sehe ich mich außer Stande, überhaupt mit meinem Arbeitgeber Kontakt aufzunehmen, zumal die mich in der letzten Woche vor der Reha auch noch schikaniert haben.

In 1 ½ Wochen ist Chefarztvisite, dann weiß ich mehr. Ich bin sehr gespannt!

Inzwischen habe ich auch meine Ergotherapie angetreten. Zwei Stunden pro Woche bin ich bei den Holzarbeiten und eine Stunde pro Woche bei Specksteinarbeiten. Wie soll es anders sein, für die Holzarbeiten habe ich mir etwas schön Schwieriges ausgesucht. Es wird ein Rahmen für einen Spiegel, hierfür sind ein Haufen Laubsägearbeiten notwendig, schon wegen des barocken Stils. So säge ich mir zwei Mal pro Woche die Finger wund und natürlich versucht die Therapeutin, mich etwas zurückzuhalten, mehr oder minder erfolgreich.

Dafür bin ich bei den Specksteinarbeiten zurückhaltend. Ich stelle mir nichts Spezielles vor und bearbeite den Stein nach Intuition. Allerdings muss ich zugeben, dass kein Stein groß genug für mich war. Du kannst Dir also vorstellen, dass ich einmal pro Woche diesem Felsen mit den verschiedensten Feilen und Sägen zu Leibe rücke. Ich kloppe wie verrückt auf das Ding ein und die Therapeutin hat, so glaube ich, aufgegeben mich zähmen zu wollen. Vielleicht wirke ich auch angsteinflößend, wenn ich so mit schwerem Werkzeug herumwirbele. Das kann sein! Nicht dass ich eine Axt in den Händen hielte, sowas wird hier gar nicht ausgegeben, aber ich muss schon sehr viel Kraft aufwenden und man sieht es mir an. Hinter mir sitzen in der Zeit andere Patienten, die ganz ruhig, hübsche, pinkfarbene, glitzernde Perlen auf ein Band aufziehen. Ich habe mich noch nie umgesehen, wenn ich mich so abrackere und fluche, aber ich denke mir, dass sie in Habachtstellung sitzen. Die Ärmsten!

Ab und zu habe ich im Vorbeigehen mal rübergeschielt. Es sieht schon niedlich aus, was die da zusammenbasteln und ich bin versucht, es auch mal zu probieren. Doch filigrane Arbeiten lagen mir noch nie und ich würde nur wütend werden, wenn ich die Perlen nicht auf den Faden bringe. Lieber nicht!
Ich stehe mehr auf schweres Gerät! Lach' nicht! Was Du immer denkst.....!

Meine Kinder mussten darunter sehr leiden. Ich sehe es noch vor mir! Steffi steht mit den neuen, wunderschönen rosafarbenen, schimmernden Balletschühchen vor mir.
„Mami, kannst Du für mich die Seidenbänder an die Schuhe nähen!"
Ich sehe vor mir und meinen Augen diese märchenhaften Schuhe und daneben die zauberhaften Bänder, meine tanzende, glückselige Steffi, einen Saal voll begeisterter, bravorufender Zuschauer, das Orchester spielt mir Tränen des Glücks in die Augen und frage: „Kann man das auch tackern?"
Meine Kinder müssen doch geradezu einen Knall haben!
Tim fährt heute noch mit einem Knopf, der anzunähen ist, zu seiner Schwester! Mehrere Kilometer!
Ich rufe immer: „Ich kann das auch, ich kann das auch! Wirklich, glaube mir! Das mit dem

Knopf bekomme ich hin!" Aber er hört mich gar nicht!
Dafür aber, ruft Micha mich an, wenn ein Loch in die Wand zu bohren ist. Das hat auch was! Und ich kann kochen!

Es hört sich so an, als wenn man um mich einen Bogen machen müsste. Nein, das stimmt nicht! Ich bin zwar eher ein Einzelgänger, aber wenn ich mich in Gesellschaft begebe, dann kommt prinzipiell jeder mit mir zurecht. Ich unterhalte mich hier gern und mit vielen, es ist interessant aus welchen Gründen die anderen hier gelandet sind und wir sind alle sehr mitteilsam. Außerdem ist es ein gutes Gefühl, Menschen um sich herum zu haben, die nachvollziehen können, was in so einem Querkopf vor sich geht und warum jedes Telefonklingeln, jede E-mail, jede Sms oder jeder Besuch zur Belastung werden kann. So ist es hier auch nicht schlimm bzw. wird nicht hinterfragt, wenn jemand einfach mal weggeht oder keine Lust hat mitzukommen. Angenehm ist auch, angesprochen zu werden, wenn ich mit einem traurigen Gesicht herumlaufe. Es ist schön, gefragt zu werden, ob Hilfe nötig ist, und hier kann ich die Hilfe auch annehmen oder darum bitten. Das hatte ich total verlernt. Schon der Gedanke, überhaupt jemanden anrufen zu müssen, um nach Hilfe zu fragen, war mir zu unangenehm.

Andererseits ist es hier auch möglich, jemandem zu sagen oder zu zeigen, dass ich mit ihm nichts zu tun haben will, es gibt kein Risiko, die Leute sehe ich nie wieder und so übe ich es. Es gibt hier durchaus Leute, mit denen ich nicht sprechen möchte und ich werde es auch nicht tun. Einfach so!

Auf Clever und Smart zum Beispiel kann ich verzichten, die brauche ich so wenig wie ein Loch im Kopf!
Übrigens sind die beiden abgereist! Juhu! Es ist Ruhe eingekehrt und Erleichterung war zu spüren! Ich meine eine Schar Frauen gesehen zu haben, die ihr Spitzentaschentuch zückten und das tränengeladene Ding hoben, um den beiden nachzuwinken. Ach, mir entrückt gerade ein Seufzer!

Die Ruhe währte nicht lange! Leider! Es erschienen auf der Bildfläche Meister Eder und sein Pumuckl (Rainer und Wolfgang). Rainer nenne ich nicht nur Meister Eder, sondern auch Mr. Earing. Kaum waren Clever und Smart abgereist, erschien Meister Eder auf der Bildfläche. Er stieg aus einem Wagen, den ich nicht mehr so genau in Erinnerung habe, vor dem Klinikeingang aus. Dort stand er nun, groß und dick, irgendwie extrem voluminös, auch alles im Gesicht und noch auffallender war sein riesiger Ohrring. Ein Ring in goldener Farbe, kein Ohrstecker oder so, nein, ein riesiger Ring. Im ersten Augenblick fand ich, dieser wäre besser durch die Nase gezogen worden, das hätte gepasst. Jedenfalls stand er da, bäumte sich auf, rang um Aufmerksamkeit und betrachtete jedes weibliche Wesen, dass an ihm vorüberging von Kopf bis Fuß mit einer gewissen Verachtung. Oh je! Was für ein Spinner! Zu gern hätte ich gerufen: „Kurschatten verboten", aber das hätte nur seine widerliche Aufmerksamkeit auf mich gelenkt.

Ich saß nämlich gerade ganz gemütlich auf einer der Sonnenliegen. Marie hatte sich gerade verabschiedet, weil sie zu einem Termin musste und ich hatte noch etwas Zeit.
Kaum hatte ich Meister Eder wahrgenommen, sprach mich ein Typ von der Seite an, ob er mit auf die Sonnenliege dürfe. Die Sonnenliegen sind recht groß und man könnte sogar zu dritt darauf liegen. Das war Pumuckl.

Achte mal darauf! In jedem Unternehmen, in jeder Diskothek, in jeder Bar oder wo auch immer Männer sich treffen, gibt es Clever & Smart und Meister Eder mit seinem Pumuckl!
Pumuckl durfte also mit auf die Sonnenliege. Leider fühlte er sich bemüßigt, mich vollzuquatschen. Wie schrecklich sein Zimmer sei, dass überhaupt alles furchtbar sei, er sich gar nicht gut fühle. Ich hörte die halbe Lebensgeschichte und die Tatsache, dass er mich aus seinem Fenster auf der Liege gesehen habe und sofort der Meinung gewesen sei, sich dazu gesellen zu wollen. Welch ein Kompliment! Pumucklchen redete eine halbe Stunde auf mich ein, ohne dass ich zu Wort kam, und endlich folgte eine Pause und ich teilte ihm mit, dass ich weg müsse. Ja, hätte ich so unhöflich sein sollen und mitten in seinem Redeschwall ohne Worte gehen sollen? Ja, hätte ich! Ich weiß! Aber das muss ich noch lernen!

So haben Meister Eder und sein Pumuckl den Platz von Clever und Smart adäquat ersetzt, und beide fühlten sich fortan wie Platzhirsch Nr. 1 auf dem Gelände. Mr. Earing, also Meister Eder, brachte die Wände zum Wackeln, wenn er durch den Speisesaal ging, und sein Ohrring warf schon von Weitem Schatten voraus.
Pumuckl war nicht nur ständig zu hören, sondern kam auch noch ausgerechnet in meine Gruppentherapie. Von da an war die Gruppe für mich gelaufen!

Er ist ein Querulant sondergleichen ohne jegliche Empathie, neugierig und anmaßend, bevormundend und machthaberisch! Ich muss ihm zugutehalten, dass er wohl meinte, in seiner Art für die Gruppe vorteilhaft zu sein und sympathisch rüberzukommen. So wollte er von jedem den gesamten Lebenslauf erfahren und zur Animation teilte er sorgsam mit, er könne aufgrund seines Alters bestimmt gute Ratschläge erteilen. Ja genau! Deshalb sitzt er ja mit dabei! Mehr und mehr übernahm er die Moderation und als es nicht recht funktionieren wollte, schlug er sich auf die Seite von Madame Braunfarbe.

Sie fühlte sich offensichtlich sehr geehrt.
Ich sah ein Lächeln in Ihrem Gesicht! Endlich! Ein Lächeln!
Und der eine oder andere bewundernde Blick wanderte von ihr zu ihm, wenn er ihr liebevoll die Schulter oder das Händchen tätschelte.
Ein tolles Team. Mir blieb nichts anderes übrig, als mitzuteilen, dass ich in dieser Konstellation sicher nicht bereit sei, mein Leben auf den Präsentierteller zu legen, dazu fehlt mir das Vertrauen, welches zuvor durchaus in der Gruppe vorhanden war.

Es entwickelte sich sogar eine heftige Kontroverse zwischen Pumuckl und mir und ich pflichtete ihm nicht bei, sondern beharrte in einer Angelegenheit auf meiner Meinung.

Danach hatte der Typ tatsächlich den Schneid, mich in der Raucherecke aufzusuchen, mir aggressiv gegenüber zu treten und mich zu fragen, was das denn nun gewesen sei. Spinnt der? Das hat außerhalb der Gruppe erstens nichts zu suchen und zweitens lasse ich mir solche Angriffe nicht bieten, so habe ich ihm gesagt, er solle sich nicht aufregen, alles sei doch wunderbar in Ordnung und fertig. Das war richtig und er ist abgetrabt. Ich hoffte inständig, er würde sich von mir fernhalten.

In der nächsten Gruppensitzung sollte darüber gesprochen werden und auf Nachfrage habe ich gesagt, dass ich daran nicht interessiert sei, weil es für mich keine Bedeutung habe und für die anderen wohl erstrecht nicht. Die Gruppe war erledigt. Niemand sagte mehr irgendwas! Es war Angst im Raum, denn eine hatte die Gruppe einmal bitterlich weinend verlassen, weil sie gegen seine Angriffe nicht mehr ankam. Aber auch das soll ja gute Gruppentherapie sein.

Unterm Strich war es für mich eine positive Entwicklung, wie ich auch im Gespräch mit meiner Einzeltherapeutin herausgefunden habe, denn ich habe es endlich mal geschafft, nicht jedes Problem aufzunehmen und nach einer Lösung zu suchen, schon gar nicht solche, die nicht mich, sondern andere betreffen. Was geht mich das an. Ich gewöhne mir langsam an, mich nur noch mit dem herumzuschlagen, das mir am Ende etwas bringen kann.

Der Weg zur Egoistin. Der Trend der Zeit! Kürzlich war ich in einem Buchhandel. Unter der Rubrik Psychologie standen viele Bücher, die das Thema „Wie werde ich ein Egoist?" behandelten. Es ist wie mit allen Dingen, in ein paar Jahren, geht der Trend wieder in die andere Richtung. „Wie werde ich menschlich?".

Du Kathleen, mir geht das Papier aus! Ich suche überall Beschreibbares zusammen. Du wirst Seiten finden, deren Rückseiten mit meinen Terminplan bedruckt sind oder Seminarinhalte zeigen, vielleicht auch Rechnungen, keine Sorge, die sind bezahlt!

Meinen Schokoladenkonsum habe ich reduziert. Dafür gibt es einen schlichten Grund. Neulich, bei einem Spaziergang, habe ich ein kleines, schnuckeliges Geschäft entdeckt. Eigentlich war ich auf der Such nach Tee. Ja! Mein Kaffeeersatz! Immer noch Thema Nr. 1! In dem Laden gab es allerhand Schönes zu entdecken und zu kaufen.

Lauter Kleinigkeiten, die kein Mensch braucht, aber es juckt trotzdem in den Fingern und ich werde schnell zum Opfer und bin bereit, für Kitsch jeglicher Art mein Portemonnaie zu zücken, vor allem wenn das zu erstehende Teil auch noch die Farbe rosa hat. Rosa und Blümchen! Ich bin im falschen Jahrhundert geboren!

Da waren sie, die großen Bonbonieren mit verschiedensten Sorten Lakritz. Kein Rosa konnte mich noch beeindrucken, ich hatte nur noch den Duft von Lakritz in der Nase. Zurück in meinem Zimmer fand ich tütenweise Lakritzen in meiner Tasche, die irgendwo hin müssen, vorzugsweise in meinen Bauch und an meine Hüften!

Mist! Aber weil Lakritz bei weitem nicht so viel Fett enthält wie Schokolade, habe ich ein fast reines Gewissen beim Naschen!

Dennoch sollte ich mein Geld vernünftiger investieren, beispielsweise in einen Flug nach England, um Dich endlich wiederzusehen.
Warum zum Teufel, treibst Du Dich in dem kleinen Kaff rum? Nichts gegen die Leute dort, ich mag sie sehr, aber es ist langweilig. Wir beide sind Großstadtmädchen!
Der Anblick einer lebenden Kuh jagt uns Angst ein!
Kathleen, Du brauchst den Lärm des Berufsverkehrs, das Dröhnen der Flugzeuge, die über Deinen Kopf hinweg jagen, die Musik der Straßencafés an jeder Ecke, den Parkplatzkampf, die stinkende U-Bahn usw. usw. Wie langweilig muss es für Dich sein, nach der Arbeit gemütlich nach Hause zu fahren. Keine roten Ampeln, niemand der trottelig vor Dir herfährt, Deine Hupe ist doch bestimmt schon eingerostet, in England hupt sowieso niemand! Aus englischer Höflichkeit! Und dann kommst Du zuhause an, parkst direkt vor der Tür, in einer Straße durch die sowieso nur Anwohner fahren, kein Parkplatzgegner in Sicht, mit dem Du ein Wettrennen veranstalten könntest oder im Auto laut „Hey, Du Spinner! Der Parkplatz gehört mir!" rufen könntest. Herrje! Was tust Du den ganzen Tag? Es gibt nichts worüber Du Dich aufregen könntest! Nicht mal über Schnee und Eis. Der gute Engländer bleibt dann zuhause,

mangels Winterreifen, und das ist normal, niemand geht bei solchem Wetter zur Arbeit und es gibt ohne Umstände einen freien Tag.

Komm' einfach zurück! Und wenn es nur meinetwegen ist! Ohne Dich kann sogar eine Großstadt langweilig werden!

Langeweile ist das Schlagwort! Ich fange an, mich zu langweilen! An den Terminplan habe ich mich gewöhnt, es ist mir zu wenig geworden! Ironie des Schicksals!
Zusätzlich zum Terminplan drehe ich weiterhin Runden um den See. Ich gehe außerdem zum Terminschwimmen, auch sonntags morgens. Ich reiße meine 1.000 bis 1.500 m ab. Nach 45 Minuten stehe ich wieder mit Langeweile da.
Also besuche ich anschließend die Sauna, in der auch Marie rumhängt. Meistens ist es dort recht nett. Torsten und der Andere sind auch immer da. Der Andere hat auch einen Namen, den ich leider nicht kenne. Er ist immer mit Torsten zu sehen, deshalb sind es Torsten und der Andere. Die zwei sind nett, lustig und angenehm.
Wir führen in der Sauna vernünftige Unterhaltungen oder erzählen uns lustige Geschichten aus dem Leben.
Nicht schlecht, wenn man bedenkt, dass wir uns sonst nur angezogen begegnen.
Endlich mal zwei Typen, die keinen Aufriss um das Nacktsein machen! Vielleicht lohnt es sich bei mir auch nicht, ich denke gerade wieder an das Fett und die Waage!
Oh je! Nein, es ist alles gut!

Wir verbringen so also alle zusammen noch eine Stunde in der Sauna und im Ruheraum, immer schön abwechselnd. Länger mag ich auch nicht.
In der Sauna halte ich es nur 10 Minuten aus und dabei ist es schon die Biosauna mit nur

60° C. Ja, ja, amüsiere Dich nur! Hattest Du schon mal Hitzewallungen und bist noch dazu in die Sauna gegangen? Da kommst Du auch noch hin! Du wirst schon sehen!
Pass auf! Jetzt kommt's!
Ich liege mit Marie im Ruheraum, wir sind dort die einzigen und plaudern deshalb ein wenig!
Urplötzlich wirft Marie den Kopf zur anderen Seite und flüstert mir zu: „Guck nicht hin! Liz! Guck auf keinen Fall hin!"
„Was ist denn?" frage ich. Marie verdrehte nur die Augen.
Ich wusste nicht, was sie so erschreckt hatte, weil ich mit dem Rücken zur Tür lag. Es musste schlimm gewesen sein, so, wie ihr Gesicht aussah! Ich meine, sie war blass geworden, zog die Augenbrauen zusammen, kniff den Mund zusammen und atmete, als wenn sie eine Ohnmacht befürchtete.

Ich wartete also bis das Schreckensobjekt an mir vorbei schritt. In der Tat empfand ich es als Glück, nur in den „Genuss" des Hinterteils gekommen zu sein.
Unser neuer Platzhirsch Nr. 1, Meister Eder, der Frauenlästerer vor dem Herrn, der, der meint, hier ein paar Weiber abgreifen zu können, der Mann mit dem goldenen Ohrring, der Mann mit dem stattlichen Bauch (immerhin wohl alles bezahlt), ging nackt durch den Raum. Oder soll ich sagen, der Bauch ging mit dem Mann nackt durch den Raum?

Kathleen, tu mir den Gefallen und male es Dir nicht weiter aus! Es reicht auch, wenn ich Dir sage, dass Marie mich nicht verschonte und nichts Besseres zu tun hatte, als mir recht detailliert zu beschreiben, WAS sie gesehen hat oder auch nicht gesehen hat!

Ich bewundere das Selbstbewusstsein, das dieser Mann an den Tag legt, oder eher die Überzeugung von sich selbst. Er schritt durch den Raum als wäre er George Clooney auf dem Laufsteg! Das wäre so, als wenn ich wie Heidi Klum auftreten würde.

Ich möchte seinen Spiegel haben, der muss etwas Besonderes sein! „Spieglein, Spieglein an der Wand...."

Das erinnert mich an die Spiegel im Karl Valentin Museum in München. Da stand ich mal vor einem Spiegel, der mich lang und dünn zeigte, das Gesicht leider auch.

Und als wenn Meister Eder nicht Strafe genug war, dauerte es nicht lange, da kam Pumuckl hinterher gewatschelt. Wir hörten sein lautes, aufdringliches Gerede, die Augen hatten wir längst geschlossen!

Und von da an war der Ruheraum in einen Selbstdarstellungsraum verwandelt.

Die beiden Männer erzählten sich gegenseitig, wie toll sie seien, und schlugen sich kumpelhaft auf die Schultern.

Zwischen diesen Selbstbeweihräucherungen wurden wir gefragt, wie die Waschmaschinen in der Klinik funktionieren, als ginge es dabei um die Relativitätstheorie.

Herr, schmeiß Hirn vom Himmel! Wir flüchteten.
Von da an mied ich die Sauna wie die Pest und begann, noch länger zu schwimmen.

Mein Auftreten ist wohl in Richtung Männerwelt eindeutig! Ich werde nicht belästigt, absolut gar nicht. Schön! Oder muss ich deswegen Sorgen haben?

Meine Güte Liz! Du bist völlig unattraktiv, von niemandem wirst Du sexuell belästigt….! Auweia, ich fürchte viele Frauen würden jetzt so denken.

Das erinnert mich an eine Geschichte in der Firma.

Es war Mittagspause und viele von uns hielten sich im Pausenraum und in der angrenzenden Küche auf. Dort werden auch die gelieferten Mittagsmenus in Aluschalen im Backofen aufbewahrt.

Es trug sich zu, dass ein Monteur sich gerade bückte, um sein Mittagessen aus dem Backofen zu fischen, als ein anderer Monteur direkt und sehr dicht hinter ihm stand und schon drängelte, weil er auch Hunger hatte.

Du hast eventuell das dargebotene Bild vor Augen. Ein Mann in gebückter Haltung, ein anderer Mann zappelnd hinter ihm, Becken an Po.

Ich brauche Dir wohl nicht zu sagen, wie viele dumme Sprüche es gab und wie viel Gelächter. Natürlich konnte ich mal wieder meinen Mund nicht halten und sagte:

„Und das Schlimmste daran ist, dass ich hier noch niemals sexuell belästigt wurde!"

„Liz", dachte ich, „warum hältst Du nicht einfach die Schnauze!" Der Witz wurde zum Glück verstanden und bis heute sind mir sexuelle Belästigungen jeder Art erspart geblieben.

Aber damit sind wir beim Thema Arbeit. Die eingekehrte Ruhe hat mich dazu veranlasst, nun das Thema Arbeit, eine wesentliche Ursache für meine Krankheit, in den Fokus zu nehmen.
Eines steht fest: Mein Job als solcher bringt mir Spaß und ich arbeite gern.
Wo sind also die Schwierigkeiten? Viel Arbeit ist auch normal und nicht nur das, es ist auch durchaus als positiv zu bewerten, denn ich langweile mich schnell.
Ich habe herausgefunden, dass ich vielleicht lockerer mit einigen Missständen umgehen könnte. Wenn andere nerven oder meinen, sie können alles besser oder Fehler begehen, sollte ich darüber hinwegsehen. Ich kann nicht die Welt retten.
Und….es darf auch gern mal etwas liegenbleiben. Ich bin ja so blöd und nehme auch noch Arbeit mit nach Hause. In der Firma haben die sich schon daran gewöhnt, dass immer alles klappt, egal wie schlecht sie selbst vorher gearbeitet haben oder wie viele Termine sie verpasst haben oder was sie vergessen haben, die Liz bringt das schon wieder in Ordnung.
Und noch schlimmer ist, dass die Geschäftsleitung sich nicht einig darüber ist, was sie will. Der eine sagt so, der andere sagt so und das schlägt an meinem Arbeitsplatz auf. Was dann? Entweder ich lasse die Dinge liegen,

da ich keine klare Aussage habe, oder ich versuche, in der Geschäftsleitung zu vermitteln.
Ja, so hätten sie es gern. Liz regelt auch das!
Nein, Liz regelt das nicht! Es gibt nur Ärger und am Ende stehe ich doof da! Ich denke, in Zukunft werde ich die Angelegenheiten zurückgeben, bis eine einheitliche Meinung herrscht.

Im Grunde fühle ich mich in dem Unternehmen wohl, gleichwohl ich damals, vor 10 Jahren, ein äußerst seltsames Vorstellungsgespräch hatte.
Ich war gar nicht zu Wort gekommen. Der Geschäftsführer hat mir berichtet, wie genial das Unternehmen sei und wie gut sie auf dem Markt dastehen usw. usw. Es war eher so, als wenn die sich bei mir beworben hätten und zwar ausschließlich so rum, und ich dachte mir, ok, umso besser.
Eine Frage wurde mir am Ende doch noch gestellt, nämlich, ob ich noch Fragen hätte.
Tja, was sollte ich sagen. Mir war inzwischen mehr beantwortet worden, als ich hören wollte und vom vielen Zuhören war ich fast schon schläfrig geworden. Mir lag vieles auf der Zunge. So etwas wie: „Äh, Entschuldigung, ich hoffe jetzt nur noch, wir haben das wahre Ziel, nämlich meine Einstellung nicht aus den Augen verloren..." oder so ähnlich. Oder „Lieber Herr Geschäftsführer, verraten Sie mir, natürlich unter dem Mantel der Verschwiegenheit, ihre schlechtesten Charaktereigenschaften,

abgesehen davon, dass sie die Zeit gern mit Plaudereien verbringen...?".

Nun, ich wollte auch mal etwas sagen und habe darum gebeten, mir ansehen zu dürfen, wie mein Arbeitsplatz aussieht, also das Büro. Es stellte sich heraus, dass „mein" Büro noch renoviert wurde, aber ich durfte mir ein anderes Büro anschauen. Es war eines, das aufgrund der vielen, sehr großen, üppigen, raumfüllenden Pflanzen eher aussah wie das Dschungelcamp.

Ich sah den Stolz in den Augen der Geschäftsleitung, mit der ich mich unterhalten hatte, und vermutete, ein grüner Daumen gehört zu den grundlegenden Eigenschaften, die in diesem Unternehmen mitzubringen sind. Etwas, was ich absolut gar nicht mitbringe! Niemals! Die einzigen Pflanzen, die bei mir zuhause gedeihen, sind die, die mir frühere Kollegen vermacht haben. Und zwar mit der Aufgabe, diese ausnahmsweise nicht verrecken zu lassen, wohl wissend, dass sie mir damit eine Herausforderung stellen, die ich stets gern annehme. Ein gemeiner Schachzug, denn ich bin ein braves Mädchen. Mühevoll habe ich diesen Pflanzen beigebracht, dass ich, wenn sie auch artig sind und nicht sterben, ihnen ab und zu einen Schluck Wasser gebe. Inzwischen halten sie es locker zwei Wochen ohne Wasser aus, ich muss auch nicht mit ihnen sprechen. Wenn es ganz schlimm wird, werfen sie das eine oder andere Blatt auf den Fußboden und erinnern mich an das versprochene Wasser. Wir haben sozusagen ein Gentleman-Agreement.

Nun trat mir der Schweiß auf die Stirn und ich wollte dieses Thema gleich und sofort aus der Welt schaffen und teilte augenblicklich mit, dass ich alles möglich mache, was in meiner Macht steht, nur leider gehören Pflanzen und deren Pflege nicht zu meinen Repertoire. Ein kurzes Nicken des Geschäftsführers ließ mich wissen, dass dies kein Ausschlusskriterium war. Uff!

Ich stieg also in das Unternehmen ein. Ich wurde nicht dazu befragt, ob ich das möchte! Einen Tag nach dem Vorstellungsgespräch fand ich den Vertrag mit sofortigem Beginn in meinem Briefkasten! Hast Du sowas schon mal erlebt? Witzig! Ich musste den Vertrag noch für kleine Änderungen zurückbringen, denn die Kündigungsfrist meines bestehenden Arbeitsvertrages betrug 3 Monate, aber auch das war unproblematisch.

Um meinem Boss ein wenig entgegen zu kommen, kaufte ich ein paar Pflanzen für mein Büro. Ich hatte mich extra erkundigt, ob diese pflegeleicht sind und somit eine Überlebenschance bei mir haben könnten. Mir wurde ausdrücklich gesagt, es handele sich um sogenannte Schwiegermutterpflanzen, mit dem aussagekräftigen Label „nicht totzukriegen".

Und, was passierte, schon ein paar Wochen später? Mein Boss kam in mein Büro, die Pflanzen waren etwas braun geworden, aber sie lebten noch! Ehrlich! Und was tut Mr. Boss? Auf dem Flur lief gerade eine Kollegin lang und er rief: „Ach…Frau…können Sie mal kurz herkommen….Sehen sie hier, Frau Corneel hat Schwierigkeiten mit Pflanzen. Bitte reichen Sie ihr doch bei Gelegenheit eine helfende Hand…!" Ja, so war es! Ich war erschüttert. Es gab noch einige Versuche, in meinem Büro, Pflanzen am Leben zu erhalten, indem ich genaue Anweisungen erhielt, wie ich vorzugehen habe.

Eines Tages kam ich aus dem Urlaub zurück. Meine Pflanzen, die ich in lebendem Zustand, so viel möchte ich doch sagen, zurückgelassen hatte, waren entfernt worden. Stattdessen standen an ihrem Platz ein paar Kakteen, angeblich unverwüstlich, aber trotzdem erhielt ich den Befehl, diese ja nicht anzurühren, die Kollegen und die Reinigungskräfte würden sich darum kümmern.

So, was sagst Du dazu! Einen schlechteren Einstieg hätte ich gar nicht haben können! Wenn ich doch bloß einen grünen Daumen hätte, dann wäre alles viel leichter!
Irgendwann kam mein Boss ins Büro und meinte „Frau Corneel, wir benötigen im Eingangsbereich neue Pflanzen. Keine Sorge, sie brauchen nichts weiter zu tun, als jemanden zu finden, der diese liefert und auch die Pflege übernimmt!"

Und vor kurzem sollte das Beet vor unserem Gebäude neu bepflanzt werden. Mit Lavendel. Vorsichtshalber bekam ich eine genaue Erklärung, wie Lavendel aussieht und duftet, sowie eine Zeichnung dazu.
Na toll, das hätte ich auch noch im Internet gefunden!

Ich weiß nicht, wie ernst Miss Psych mich noch nehmen wird, wenn ich ihr mitteile, dass ich ein Seminar in Pflanzenpflege für eine Verbesserung meines Arbeitsumfeldes und des Klimas zwischen Geschäftsleitung und mir für unumgänglich halte. Darüber werde ich noch ein Weilchen nachdenken.

Zur Zeit arbeiten wir mehr an der Methode, Probleme zwischen den Geschäftsleitern zurück an die Geschäftsleitung zu geben und mich derer nicht anzunehmen.
Außerdem soll ich nicht mehr so schrecklich perfektionistisch sein, das höre ich immer wieder! Bin ich doch gar nicht! Siehe Pflanzen!
Na gut, ich will einsichtig sein, irgendwas soll diese Reha auch bringen!

Nein, aber jetzt mal im Ernst, Kathleen! Bin ich ein Perfektionist? Du weißt doch auch, wie egal mir manchmal vieles ist und immer gerade dann, wenn es mal wichtig wäre, z.B. wenn man anderen den Mantel klaut. Erinnerst Du Dich?

Es war Eure Petersilienhochzeit. In Eure Wohnung haben wir einen Trupp Leute geschickt, um heimlich alles für eine Party vorzubereiten. Derweil waren wir mit Euch in einem renommierten Restaurant essen. Plötzlich wurde es hektisch. Wir standen auf, griffen unsere Mäntel und fuhren zu Euch nach Hause, wo wir eine sehr schöne Party gefeiert haben. Ich blieb natürlich wie immer bis zum Schluss. Irgendwann war es auch für mich Zeit, aufzubrechen.

Aber....an Eurer Garderobe hing nicht mein Mantel, sondern der einer anderen Frau.
Ich habe geflucht wie ein Rohrspatz. „Welcher Vollidiot ist zu blöd, seinen Mantel zu erkennen und hat meinen mitgenommen? Noch dazu sind meine Schlüssel darin! Blöde Trottel! Und was mach ich jetzt? Ich komme ja nicht mal zuhause rein!" usw. usw.

Wir warteten einen Moment in der Hoffnung, dass die Person, die den Mantel genommen hatte, es merken würde und zurückkäme. Doch das geschah nicht. Also zog ich den mir fremden Mantel an, draußen war es schließlich kalt, und beschloss, bei meinem Freund zu

schlafen und mich am nächsten Tag intensiv um meinen Mantel zu kümmern.
Ich zog also den Mantel an, steckte die Hände kurz in die Taschen, diese waren leer. Und zwar so leer, dass auch das Loch in der Manteltasche fehlte, das mir bei meinem eigenen Mantel so sehr ans Herz gewachsen war. Seit zwei Jahren lief ich mit dem Loch in der Manteltasche rum (siehe auch Thema ich und Nähen).

Und nun ging mir ein Licht auf!
Als wir das Restaurant verließen, in aller Hektik wohlbemerkt, war mir auch aufgefallen, dass das Loch in der Tasche weg war. Ich dachte, vielleicht hatte Steffi Mitleid und hatte es zugenäht, weil sie es nicht mehr ertragen konnte, wie ich Schlüssel und Kleingeld, das durch dieses Loch ins Mantelfutter geriet, immer wieder verzweifelt suchte. Aber, als ich mittags zum Restaurant losfuhr, war es noch da!

Mein Gesicht muss sowas von lächerlich ausgesehen haben, denn ihr alle seid in lautes Gelächter ausgebrochen. Ja!....Ich war die Idiotin, die den Mantel vertauscht hatte, und zwar im Restaurant. Auch ich musste lachen, aber ich sah mich auch in Handschellen und der nächste Tag, der der Aufklärungsarbeit im Restaurant, war nicht besonders angenehm. Mein Mantel hing dort übrigens noch an der Garderobe und der andere Mantel, also der, den ich mitgenommen hatte, wurde nicht als

vermisst gemeldet. Seither kaufe ich nur noch Mäntel, die aus der Menge der anderen schwarzen, üblichen Mäntel herausragen.
Was ist daran bitteschön perfektionistisch?

Hmmm….ich grabe nach einem Gegenbeispiel. Es stimmt, ich kann pedantisch sein! Wenn wir zu Mittag oder zu Abend essen, bestehe ich auf einer gewissen Tischkultur! Eine gepflegte Tischdecke, das Geschirr und Besteck ordentlich gedeckt, Stoffservietten, möglichst Kerzen oder Blumen und vernünftiges Porzellan! Es sitzen bitte alle ohne Handy, Tablet, Notebook etc. am Tisch.

So kenne ich es aus meinem Elternhaus. Wir sitzen alle rechtzeitig am schön gedeckten Tisch, nur meine Mutter fehlt. Sie rennt hin und her, will keine Hilfe haben, ruft zwischendrin „Fangt schon an!", was wir natürlich nicht tun, irgendwann wird es ruhig. Wir sitzen da! Stille! Bis einer von uns fragt: „Was macht sie denn nun noch?" und ein anderer sagt „Sie wäscht noch schnell die Töpfe ab!" So geht es seit Jahren! Immer und immer wieder!

Und…wie soll ich sagen? Man erbt nichts von fremden Müttern. Die Szene stellt sich bei uns in gleicher Weise dar. Ich habe hier noch schnell etwas zu erledigen, dort noch schnell zu wischen, und der Meute am Tisch läuft das Wasser bereits aus dem Mund.
Ja, mein Gott, warum muss ich unbedingt dabei sein, wenn das Essen, für dessen

128

Zubereitung ich zwei Stunden benötigt habe, in 30 Minuten vertilgt wird. Vor lauter Abschmecken habe ich sowieso nicht mehr so viel Appetit. Trotzdem warten alle.
Dieses Beispiel zeigt nun am Ende doch wieder, dass es mit dem Perfektionismus bei mir nicht so weit her ist. Ich werde diese Verfahrensweisen auf meinen Arbeitsplatz übertragen. Basta!

Ob die wohl damit zurechtkommen werden?
Ich erinnere mich an Steffi, die während ihres Studiums für ein halbes Jahr zurück nach Hause gezogen war. Ihre Klamotten und Mengen an Umzugkartons stapelten sich in meinem Wohnzimmer und meinem Schlafzimmer. So what? Das ist dann mal so.
Eines Tages komme ich nach Hause und Steffi hat nicht etwa die Kartons in den Keller geschleppt, weil sie es unordentlich fand, nein, sie hat im Badezimmer aufgeräumt! „Mama, ich habe mal Ordnung gemacht! Jetzt steht alles dort, wo es hingehört!" – „Von wegen!", antwortete ich, „Du hast meine Ordung in Deine Unordnung gebracht!" Ich griff nämlich morgens von nun an immer ins Leere!

Ich habe andere Ordnungsbegriffe als Steffi! Bei ihr steht alles, was die Haare betrifft zusammen, alles, was die Gesichtspflege betrifft zusammen, alles, was die Nagelpflege betrifft zusammen.

Meine Ordnung funktioniert so:

Alles für den täglichen Gebrauch steht in der Nähe des Waschbeckens, über dem der Spiegel hängt. Davon steht alles, was ich auch gut mit links bedienen kann, auf der linken Seite, der Rest auf der rechten Seite.

Es ist eine vernünftige Mischung aus Haargel rechts, Haarspangen links. Lippenstift links, Pinsel zum Auftragen rechts usw. Dabei nehme ich das Risiko in Kauf, statt des Augenmakeup-Entferners aus Versehen den Nagellackentferner zu erwischen. Und wenn schon! Ich würde es vermutlich am Geruch erkennen, bevor ich den Nagellackentferner auf meine Augen bringe, und wenn nicht, tut es halt einmal sehr doll weh und passiert sicher nicht noch einmal.
Bisher ist es gar nicht passiert! Ich gebe zu, dass ich mal aus Versehen eine Salbe auf die Zahnbürste gedrückt habe. Und...ich bin noch am Leben! Das ist mir lieber, als morgens in verschiedene Ecken greifen zu müssen und zwar in einem Stadium, das nicht gerade einem gutgelaunten Menschen entspricht, der bereit ist, sich überall alles zusammensuchen zu müssen!
Das kann doch wirklich jeder verstehen!

Mit dem Suchen ist es so eine Sache! Bin ich erst mal im Laufe der ersten Morgenstunde zu einem denkenden Menschen geworden, kann mich das Suchen nicht erschüttern.
All morgendlich suche ich meine Schlüssel! Schon mein Leben lang! Tim hat mir in der

Grundschule mal ein Herz aus Ton geformt, es hübsch in rot angemalt und mir mit den Worten „Guck mal Mami! Für Dich! Da kannst Du Deinen Schlüssel reinlegen und musst morgens nicht mehr suchen!" Ich glaube, er war 8 Jahre alt! Muss mir das eigentlich peinlich sein?
Dieses Herz steht immer noch genau neben der Eingangstür! Darin liegen viele, viele Schlüssel! Solche, die ich auf keinen Fall verlieren darf, also von meinen Eltern, von Steffi usw. Meinen Schlüssel suche ich morgens immer noch!

Einmal habe ich ihn in der Sockenschublade gefunden. Meine Recherchen haben ergeben, dass ich den Schlüssel auf die Kommode gelegt haben muss und dann später staubgewischt habe. Dabei muss die Sockenschublade geöffnet gewesen sein und ich habe den Schlüssel dort hinein gewischt. Hey, was soll's! Bisher habe ich alles wiedergefunden und es hat immerhin einen sportlichen Charakter!

Apropos sportlichen! Ähnlich verhält es sich mit meinem Auto! Wann immer ich aus einem Supermarkt oder aus dem Flughafen rauskomme und zu meinem Auto will, habe ich vergessen, wo es steht! Ich habe es stets eilig, besonders am Flughafen! Wie oft hätte ich schon beinahe meinen Flieger verpasst, meistens ist es gutgegangen, weil dieser Verspätung hatte, etwas worauf man sich besonders verlassen kann, wenn der Flieger aus München oder Frankfurt kommt.

Ich stehe bei meiner Rückkehr da und denke „OK, welches Parkhaus weißt Du noch! Liz, versuche Dich daran zu erinnern, wie sehr Du über Treppen, Etagen mit dem Aufzug oder ähnliches geflucht hast, dann kommst Du zumindest auf die Idee, in welches Stockwerk Du musst.
Dann erinnere Dich an Kleinigkeiten wie beschmierte Wände, Notausgangstüren und so weiter."
Mein Auto ist immer noch in meinem Besitz, folglich funktioniert das Prinzip!
Und es hält jung! Ich laufe die eine oder andere Treppe zu viel, den einen oder anderen Weg doppelt, alles mit schweren Taschen in der Hand oder schweren Koffern im Schlepptau und auf hochhackigen Schuhen! Mit meinen Waden kannst Du Nüsse knacken! Womöglich sogar mit meinem Po! Andere Leute zahlen viel Geld für das Fitnessstudio und ich denke, ich darf diese Angelegenheit unbestritten eine win-win Situation nennen.

Ansatzweise kann ich allerdings Steffis Aussage, als sie nach Canada abreiste, verstehen. Sie hat mir für die Zeit ihren Wagen überlassen, einen 3 Jahre alten Golf in sehr gutem Zustand. Ein extremer Kontrast zu meinem 13 Jahre alten Renault Coupé, den ich wohl bald mit Klebeband zusammenhalten muss.

„Mami!", sagte sie, „bitte schließ' mein Auto wenigstens ab, wenn Du es geparkt hast!" Scheinbar hatte sie sich schon damit abgefunden, die eine oder andere Beule bei Ihrer Rückkehr am Golf vorzufinden sowie zwei, drei Kaffeeflecken im Innenraum.

Wenn ich in dem Ding schon nicht rauchen darf, muss wenigstens ein Kaffee mit an Bord sein, und diese Thermobecher schließen nicht so gut, wie in der Werbung versprochen.

Ich schließe mein Auto selten ab. Irgendwo in meinem Hinterstübchen hat sich die Idee festgesetzt, dass sich ein möglicher Dieb vielleicht umentscheidet und mir aus Mitleid ein paar Hunderter ins Auto legt, anstatt es mitzunehmen.

Tim findet sich in meinem System besser zurecht. Manchmal ruft er mich an und fragt, wo ich beispielsweise seine Krankenversicherungsunterlagen abgelegt habe. Nun, es gibt mehrere Möglichkeiten, ca.

fünf Ordner. Im Ordner Krankenversicherung, im Ordner Tim, im Ordner Versicherung allgemein, im Ordner Sozialversicherung oder im Ordner Diverses.

Der Ordner Diverses enthält in chronologischer Reihenfolge all das, was ich erst mal vom Tisch haben wollte, aber keine Lust hatte, den richtigen Ordner zu suchen, was auch einige Zeit benötigt, wie an den soeben genannten 5 Ordner zu erkennen ist.

Tim geht dann folgendermaßen vor:
Entweder er sucht diese fünf Order aus den ca. 25 Ordnern raus und wühlt sich durch, bis er das Gesuchte gefunden hat, oder er wartet, bis ich zuhause bin und das erledige. Meistens wartet er, weil ich mit diesem System mehr Übung habe und deshalb schneller zum Erfolg komme.

Aber immerhin: Alle Zeugnisse sind in einem Ordner zu finden und darauf bin ich stolz!
Die gesamte Oberstufe lang habe ich in die Schule nur ein Kladdebuch und einen Kugelschreiber mitgenommen.
So hatte ich alle Fächer in einem Buch, zwar unsortiert, aber alles auffindbar. Das führte dazu, dass ich mir lieber alles gleich gemerkt habe, bevor ich später lange suchen musste. Pfiffig, oder?

Noch heute fragt mich mein Boss in Besprechungen, ob ich nicht lieber aufschreiben möchte, was wir so abmachen. „Nein, möchte ich nicht! Ich merke es mir so!" Außerdem... wenn er nicht mitschreibt und er es sich nicht merken kann, bin ich doch in einer viel besseren Position, wenn ich nichts aufschreibe. Dann kann ich später so handeln, wie ich will und so tun, als wenn er mir dazu nichts gesagt hätte. Total blöd bin ich auch nicht!

Und im Wäschewaschen und Bügeln bin ich auch gut! Vielleicht nicht im anschließenden Wegsortieren, deshalb überlasse ich das anderen.

Ich glaube also eher ein Individualist zu sein. Dabei brauche ich auch nur daran zu denken, dass ich die Vorhänge im Badezimmer mit alten Bikinibändern zusammenhalte.
Und wenn jemand mich als Perfektionisten beschimpft, dann wohl eher deshalb, weil ich in der jeweiligen Situation von meinem eigentlichen Pfad abweiche und ausnahmsweise etwas korrekt und ordentlich sein soll. Das könnte auf andere Menschen plötzlich pedantisch wirken.

So ziehe ich hier also meiner Wege. Es ist ein wenig wie im Film „Und täglich grüßt das Murmeltier". Ich stehe morgens auf, vernachlässige Frisur und Makeup, werfe mich in Sportklammotten, latsche nach unten zum Frühstück, lade meine Zimmerkarte auf (das ist notwendig und zwar täglich, sonst steht man vor der verschlossenen Tür), desinfiziere meine Hände vor dem Speisesaal, strampel meinen Terminkalender ab usw. usw.

Kürzlich habe ich Ablenkung gesucht und fühlte mich berufen, einige Briefe und Postkarten zu schreiben. Ich sehe vor meinem geistigen Auge, den einen oder anderen Bedachten, der seinen Briefkasten öffnet, die Karte findet und sich fragt: „Liz, Liz Corneel....wer zum Teufel ist das nochmal?" Asche auf mein Haupt! Es stimmt, ich war zum Teil wie vom Erdboden verschluckt. Hoffentlich kommen die Karten und Briefe nicht zurück mit dem Vermerk „Absender unbekannt"

Ein paar Stunden konnte ich mit dieser Aufgabe füllen, es hat sogar Spaß gebracht und ich habe mir fest vorgenommen, all diese Freundschaften wieder aufleben zu lassen, selbstverständlich ist hierfür auch das Wohlwollen von der anderen Seite notwendig.

Ich werde nicht so schnell aufgeben und zur Not kleine Präsente und Vorher-Nachher-Fotos von mir versenden, alles in der Hoffnung, dass die Erinnerung an mich zum Vorschein kommt.

Was meinst Du? Wie viel Geld sollte ich für ein kleines Bestechungspräsent ausgeben? Oder reicht eine Einladung zu einem Bier? Nein, Kathleen! Ich bin nicht geizig! Ich will nur den anderen nicht beschämen, wie man so schön sagt. Immer eine gute Ausrede für ein schlechtes Geschenk!

Zu allem Übel tobt zwischen Chris und mir der E-mail-Krieg. Besser gesagt, habe ich ihm den Krieg erklärt und fast tut er mir leid! Aber nur fast!

Chris schreibt auf Fragen, die ich habe, sein übliches „Das ist nichts, um es per E-mail zu besprechen!" Dieser Bart ist so lang, dass er im Keller hängt!

Ja, Ja! Wir besprechen alles, wenn wir uns sehen. Fürs Telefon ist es nämlich auch nichts. Wenn wir uns dann sehen, ist es nicht der rechte Moment, etwas zu besprechen. „Wir wollen uns doch wohl nicht den Tag versauen, Liz!? Wenn wir uns schon so selten sehen!" Dann schreibt er noch, er schalte den PC aus. Fertig! Er ist unerreichbar, ich sitze da und habe keine Ahnung, wie es weitergeht. Und wenn dem Herrn danach ist, schreibt er mir oder ruft mich an, denn ich erhalte alles auf meinem Handy und bin somit für Chris immer erreichbar, wenn es ihm denn beliebt.

Wenn diese Reha für etwas gut ist, dann dafür, dass ich das Handy immer auf dem Zimmer lasse und nur ab und zu einen Blick darauf werfe. Das Notebook verwende ich gar nicht.

Ich hatte also auch mal ausgeschaltet und keine E-mails geschrieben und war nicht telefonisch erreichbar. Das hat Chris überhaupt nicht gefallen. Mein Handy war gefüllt mit seinen E-mails und Anrufen.

Und was soll das? Ich bekam lauter Vorwürfe, weil ich mich nicht meldete. Gilt für mich ein anderes Recht als für ihn? Mit einem Mal? Und als ich mich dann wieder meldete, erhielt ich wieder die Antwort, er schalte aus.

Welches Spiel spielen wir?
Und dann ist mir endgültig der Kragen geplatzt! Alle bei ihm zuhause wissen von mir, nur er ist der Einzige, der noch ein großes Geheimnis darum veranstaltet.
So habe ich, kochend vor Wut, kurzerhand auf seiner Festnetznummer angerufen und es drei Mal klingeln lassen. Das hat den Herrn wohl aufgeweckt. Zwei Minuten später hat er mich zurückgerufen.
Ich habe ihm gesagt, er habe dieses lächerliche Theater endgültig in den Griff zu bekommen und solle gefälligst dafür sorgen, mehr Spontaneität an den Tag zu legen. Es nervt langsam und ich habe dazu einfach keine Lust mehr, ihn nur freitags zu sehen. Freitags habe ich üblicherweise etwas anderes vor und außerdem geht es mir am Samstag schon auf die Nerven, wenn ich weiß, dass der Freitag blockiert ist.

Ich bin halt nicht die „regelmäßig Kanasta Tussi"!

Er kann es sich überlegen. Entweder er bekommt das jetzt auf die Reihe und Monika hält endgültig Ruhe oder er kann sich eine Neue suchen. Es ist ja nicht so, dass es keine

anderen Männer gibt. Und ich lasse meine Termine nicht von Monika bestimmen. Überhaupt lasse ich mich nicht fremdbestimmen!
Er nervt einfach nur noch und ich erwische mich bei dem Gedanken, dass ich diese Baustellen, wenn sich von seiner Seite nichts klären sollte, einfach so laufen lasse, damit nicht auch noch die komplette Trennungsbelastung auf mich zukommt.
Ich werde mir die Sache bis zum Schluss aufheben.
Unterdessen betrachte ich mich als Single.

Trotzdem haben wir ein Treffen abgemacht. Er war überpünktlich und natürlich war meine Wut sofort verraucht! Ich liebe dieses Kerlchen! Vielleicht, weil es nie langweilig wird!

Der Tag war sonnig und wir sind sofort an die See gebraust! Chris hatte seine tolle Kamera mit und so saßen wir am Strand und er hat Fotos geschossen. Dabei hat er mir erklärt, wie so ein Fotoapparat hinsichtlich Brennweite, Blende, Tiefenschärfe usw. funktioniert, weil ich es gern wissen mochte. Leider vergesse ich das immer wieder, weil ich meine Fotos tatsächlich mit einer kleinen Kamera schieße. Aber es hat Spaß gebracht und ich habe es mal ausprobiert. Gar nicht so schlecht!

Wir haben also die Seele baumeln lassen.
Danach hatten wir noch ein schönes Picknick! Ich liebe Picknicks! Wir haben auf einem

langen Feldweg DIE einzige Bank gefunden, direkt vor einem Rapsfeld, beinahe mittendrin und von Bäumen umsäumt. Das war etwas, das ich genießen kann. Die Natur, meine Gedanken, die Welt überhaupt usw. Natürlich haben wir weiter fotografiert und es sind schöne Bilder entstanden.
Alles in allem ein toller Tag! Wie das wohl mit uns weitergehen soll. Immer diese Aufs und Abs! Das kostet Energie!
Alles ist mal wieder gut!

Ich habe etwas mehr Zeit, mich mit der Chris-Beziehung auseinander zu setzen, weil mich der Rest der Familie in Ruhe lässt.

Keine Stefanie, die nach Hilfe ruft, keine Katastrophenmeldungen von Tim, kein Michael der in der Klemme sitzt usw. Im Gegenteil, Michael hat das Ganze übernommen, um es mir vom Hals zu halten. Das nenne ich Unterstützung. Aus dieser Richtung droht demnach im Moment kein Ärger.

Mit Chris bin ich immer beschäftigt, der sitzt in meinem Hirn!
Und nun? Mal abwarten! Wir sind wieder verabredet. Ich bin gespannt!
Chris sieht meine Bedenken als Belastung. Er sagt, ich habe zu viele Ansprüche, Forderungen und Bedingungen. Tja, was soll ich sagen! Es stimmt, ich möchte meinen Freund sehen, ihn erreichen können, wenigstens manchmal und wenn wir verabredet sind, nehme ich eine

Verspätung von einer Viertelstunde in Kauf, aber nicht Stunden! Ist das schlimm?

Es gibt Neuigkeiten!!!
Ich bin in den Fortgeschrittenenkurs für Tiefenmuskelentspannung aufgestiegen.
Jep! Ein Gefühl wie in der sechsten Klasse auf dem Gymnasium! Die anderen sind jetzt die Kleinen!!!!!

Viel anders als der Grundkurs ist es nicht.
Wir hängen unseren Kopf immer noch an ein Band, damit er aufrecht fast schweben kann. Natürlich handelt es sich um ein imaginäres Band….! Obwohl ich allmählich glaube, ein Loch im Kopf kann nicht viel schlechter sein als die eine oder andere Tortur während dieser Reha.
Wir spannen die Muskeln jetzt langsam an und entspannen wieder langsam.
So schlimm kann es übrigens nicht um uns stehen, wenn sie uns diesen Kursleiter auf den Hals hetzen! Er ist so ruhig und gelassen, dass es mich schon wieder auf die Palme bringt!
„Iiiiiicchhh füühhhlee miichhh gaaannnz eeeentspaaaant!" ist seine Anleitung.
Ja, von mir aus! Ich jetzt nicht mehr!

Es gibt Leute, die das nicht aufregt, die sind nämlich eingeschlafen. Haben die es gut!
Manchmal könnte ich durchdrehen!
Ich habe gerade ein Bild vor Augen, etwas, das häufig zu sehen ist. Immer dann, wenn Kinder erwachsen werden, benehmen sie sich ihren Eltern gegenüber so, als wenn diese kleine Kinder und schon im Alter von 50 Jahren dement wären. Es kommen gute Ratschläge in Babysprache. „Ach meine kleine Mami! Der

Onkel Doktor hat doch gesagt, Du sollest nicht so schuften! Leg' die Beinchen hoch, wir lassen Dich jetzt ein bisschen schlafen und fahren nach Hause!"

Vorher hatte Mami natürlich für ein opulentes Mittagsmahl gesorgt. Für jeden das Lieblingsgericht, den Tisch hübsch gedeckt und selbstverständlich auch abgedeckt und Töpfe und Pfannen abgewaschen. Es war doch alles so harmonisch, wie soll man da auch auf die Idee kommen, dass Mami einfach nur etwas erschöpft ist.

Ähnlich geht es mir übrigens in der Gruppentherapie.
Die Therapeuten sind entweder mit Ironie bei der Sache „Huch!...Da haben wir es ja! Haben Sie gemerkt, worum es Ihnen eigentlich geht?! Haha! Erwischt!" oder mit den Samthandschüchen „Was sagen Sie jetzt dazu? Das tut weh, oder?"

Wenn mich noch einmal eine Therapeutin fragt: „Und wie geht es Ihnen jetzt?" drehe ich durch. Ich fühle mich wie in einer Vorschulklasse, in der wir lernen, von unseren Bonbons abzugeben, und begreifen sollen, dass es gar nicht schlimm ist zu teilen.
Nein! Es ist eine Freude.

Um ehrlich zu sein, bin ich mir da nicht sicher! Es ist geschickt! Ich gebe dem mal vorsichtshalber einen Bonbon ab, damit er mir

auch mal etwas abgibt, wenn es notwendig wird. Ziemlich selten ist es auch so, dass Menschen, die mehr und mehr haben, auch mehr und mehr abgeben.
Dazu möchte ich zu gern eine Statistik sehen.
Schau Dir die Superstars an, es handelt sich doch wohl mehr um Imagepflege bei den gemeinnützigen Zuwendungen. Hierzulande sind diese auch noch von der Steuer absetzbar, demnach trägt jeder einzelne Bürger einen Großteil dieser scheinbar uneigennützigen Spenden mit. Auch hier wäre eine detaillierte Aufschlüsselung interessant.

Aber ich weiche vom Thema ab!
Ein „Jetzt habe ich es begriffen!" von der Therapeutin oder ein „Sind sie ok?" kann ich akzeptieren.
Etwas Ernsthaftes und Respektvolles! Wir sind gestandene Leute! Interessant ist auch, dass die Gruppenmitglieder diese Verhaltensform annehmen und ich selbst habe mich schon dabei erwischt. Sowas wie „Ich kann Dich verstehen und nun ist es wenigstens raus!" Um ehrlich zu sein, glaube ich, dass diese Gruppentherapie über fünf Wochen mit ständig wechselnden Gruppenmitgliedern nicht viel nützt! Wir sehen uns auch ständig wieder! Beim Sport, beim Essen usw. Da werde ich in der Gruppe wohl kaum sagen: „Du gehst mir total auf den Wecker!". Und das wird auch niemand zu mir sagen.
In dieser Hinsicht führe ich wesentlich bessere Gespräche mit Dir oder meiner Freundin Linda.

Ganz nüchtern betrachtet, bin ich sogar der Überzeugung, dass so einige Personen aus meinem Umfeld viel mehr eine Therapie benötigen als ich.

Egal, welch ein dickes Fell ich mir zulege, diese Streithammel und Spaßbremsen, Besserwisser und nicht aus dem Weg zu räumenden Personen sind da. Sie werden Provokateure und Manipulateure bleiben und es nur immer schlimmer treiben!

Das alles kostet Energie, aber ich darf die auch nicht erschießen, obwohl ich häufig Lust dazu verspüre. Ich werde es ausprobieren!
Nicht das Erschießen!
Nein, wenn nächstes Mal mein Chef rummeckert, warte ich ab, er meckert und meckert, fängt wegen meiner Reaktionslosigkeit an zu toben und dann frage ich ihn mit ruhiger, sanfter Stimme: „Wie geht es Ihnen jetzt?" Ich glaube, der haut mir dann meine Tastatur auf den Kopf!
Oder soll ich in devoter Art „Entschuldigung!" sagen, obwohl es nichts gibt, wofür ich mich entschuldigen müsste? Das ist für eine Gehaltserhöhung auch nicht hilfreich!

Du siehst, Kathleen, ich stecke in der Klemme! Wie gehe ich mit diesen Typen um mich herum am Besten um? Hast Du irgendeine Idee?

Mir wäre es recht, gemeinsam eine Lösung zu finden, doch leider stecken hier zwei Wörter drin, die in der Männerwelt, von der ich umgeben bin, anders verstanden werden, als ich sie verstehe, nämlich „gemeinsam" und „Lösung".

Wenn ein Mann von „gemeinsam" redet, meint er: „Ich sage, was zu tun ist, und die anderen führen meine Befehle aus."

Wenn ein Mann von Lösung spricht, meint er: „Ich habe für den Moment eine gute Idee, wie das Loch zu stopfen ist! Ich bin der Beste, der Schnellste, der Genialste."

Frauen verknüpfen die Wörter „gemeinsam" und „Lösung"!
Wir Frauen setzen uns an einen Tisch, werden uns zunächst über das Ziel einig, finden Ideen, das Ziel zu erreichen, verfolgen geistig diese Ideen mit allem Wenn und Aber und kommen auf diese Art und Weise auf eine nachhaltige Lösung, möglichst so, dass das Thema nie wieder angefasst werden muss.
Sollte es keine vernünftige Lösung bzw. keinen vernünftigen Weg zum Ziel geben, wird das Ziel eingestampft und ein neues kommt auf den Plan.

Aber wem erzähle ich das? Glaubst Du, Männer verschwenden bei der Zeugung ihres Wunschkindes auch nur einen Gedanken daran, dass dieses kleine Bündel Elend zwei

Jahrzehnte lang zu betreuen ist, sogar erst mal ein Jahr braucht, bis es laufen kann? Bestimmt nicht!

Ziel: irgendwie ein Kind   Lösung: Spaß beim Sex

Keinen Schritt weiter! Und dann sind sie empört, wie anstrengend bereits das Heranwachsen des Kindes im Mutterleib ist.

Frauen denken weiter! Sie wollen auf Dauer verhindern, mit denselben Unannehmlichkeiten immer wieder konfrontiert zu werden oder mit möglichen Folgen schlechter Planung.

Habe ich also Bock darauf, dass mein Chef immer wieder unnötig meckernd in meinem Büro steht? Nein! Am besten sehe ich den gar nicht! Wer braucht schon diese zeitraubenden Aktionen? Sie treiben mich in die Fassungslosigkeit und bereiten mir Kopfschmerzen!

Muss ich mich an Leute gewöhnen, die wegen ihrer eigenen Unzulänglichkeiten bei mir meckern und sich aufplustern? Soll ich dann asiatisch grinsen und mit dem Kopf nicken? Nö! Das will ich nicht! Ich versuche es mit: „Geht es Ihnen jetzt besser?" oder „Können wir nochmal von vorne anfangen, ich habe den Faden verloren. Was ist jetzt wichtig?"

Am liebsten würde ich es nach alter Hausfrauenart erledigen! „Du, Kuddel! Geh' doch mal mit Fiete von nebenan ein Bierchen

trinken! Ich kaufe solange Schuhe und in zwei Stunden sehen wir uns wieder!"
Bis dahin hat er sich abgeregt, ist gut gelaunt, leicht angeheitert, alle meine Vorschläge werden akzeptiert und das Geld für die Schuhe bekomme ich auch noch zurück und damit gehe ich zum Friseur! So läuft das!

Nicht umsonst schicken Frauen ihre Männer in Sportvereine oder Angelclubs. Die Männer sind sie los und beim Kaffeeklatsch hecken die Frauen so manche Feldzüge aus, während die Männer sich beim Biertrinken auf die Schultern klopfen, wie genial sie sind.

Solche Überlegungen kommen mir beim Achtsamkeitstraining. Dafür ist es gut. Leider gibt es für diesen Kurs keine weiteren Aufstiegsmöglichkeiten.

Marie kann an dem Kurs nicht teilnehmen, weil ihr immer schwindelig wird. Kein Wunder! Mit geschlossenen Augen auf einem Stuhl zu sitzen und den Atem zu zählen oder das Sonnengeflecht (ja, Du liest richtig!) im Bauch zu finden und zu spüren, ist recht ungewöhnlich und hat etwas von einer mentalen Autopsie.

Es wird einem bewusst, aus wie viel Zeugs der menschliche Körper besteht, und dass davon bitte nicht das kleinste Teil versagen darf. Da kann einem schlecht und schwindelig werden.

Deshalb konzentriere ich mich auf meinen Atem, das kann ich gut und es hat positive

Nachwirkungen, denn nach dem Training mag ich nicht rauchen! Der Therapeut erklärt uns, dass gestern, gestern war und wir an der Vergangenheit nichts mehr ändern können. Morgen ist morgen und was da kommt, weiß man sowieso nicht! Wir sollen bitte nur für den Moment da sein.

Genau! Wieder diese Männerdenke! Was interessiert mich der Schnee von gestern und was morgen kommt, ist mir sowieso egal, vielleicht lebe ich gar nicht mehr! Typisch! Wir bauen ein Atomkraftwerk und dann... ups.... Wo kommt denn der ganze Müll her? Ok! Ab in den Salzstock! Und dann....Mist, langsam wird es ein Problem...usw. usw. Bloß nicht aus der Vergangenheit lernen und bloß nicht weitere Katastrophen verhindern. Zur Not sprengen wir die Erde in die Luft!

„Die Zukunft kam bisher immer von ganz allein!" Einer von Chris' Lieblingssprüchen! Das regt mich echt auf!

So geht es nur hier auch weiter in die Zukunft! Einfach so, wer hätte das gedacht!?
Und auch noch, ohne mich zu fragen, denn meine Entscheidungsfreiheit ist hier stark eingeschränkt und daher ist meine nahe Zukunft von so mancher Entscheidung anderer in dieser Klinik abhängig. Die Chefarztvisite steht nämlich an und es geht darum, ob ich weiterhin krankgeschrieben bleibe oder nicht, heißt, sofort wieder in das Berufsleben zurückkehre.
Ziel meines behandelnden Arztes, des Oberarztes, und Miss Psych ist, mich noch für sehr lange Zeit aus der Arbeit zu nehmen.
Na, wir werden sehen.

Und da war es, das Gespräch mit dem Chefarzt, nein, mit dem stellvertretenden Chefarzt!

Dieser Mann war mir auf den ersten Blick unsympathisch und ich ihm offensichtlich auch. Ziemlich schnell kam er auf den Punkt, es sei schwierig, jemanden, der arbeitsfähig angereist ist, arbeitsunfähig aus der Reha zu entlassen.

Dachte ich es mir doch! Welche Reha-Klinik stellt sich schon ein Armutszeugnis aus.

So sah ich mich dann eher an einem Verhandlungstisch mit gleichwertigen Parteien, nicht etwa Arzt hilft Patient, führte mir vor Augen, dass ich mich in einem kapitalistischem System befinde, welches sich auch im

Gesundheitswesen wiederfinden, in dem es erstens nur darum geht, wer dem vorsprechendem Menschen weiter am Leben hält, in diesem Fall mit monetären Mitteln. Der Arbeitgeber, die Kranken-, Renten-, Arbeitslosenversicherung oder bestenfalls keiner von allen Genannten, zweitens der Mensch in unserem System nicht als Mensch gesehen wird, sozusagen als Lebewesen, sondern als eine monetäre Größe und als Arbeitstier, das bitteschön so viel Geld wie möglich in das angebliche soziale System einzahlen soll, damit genügend große, schwere und teure Lederarbeitssessel für die Chefs der sozialen Einrichtungen gekauft werden können.

Ich bleibe hier mal bei Kleinkram. Wir alle wissen, dass es diesbezüglich noch viel mehr Luxusgüter gibt, die anscheinend wichtig sind, große Autos, Reisen usw. Ich weiß wie das funktioniert, es ist ja mein Job und täglich Brot!

Ich hielt sodann ein Plädoyer für mich selbst, immer mit dem Gedanken, so viel Geld wie möglich für mich rauszuholen, darin bin ich auch geübt. Fast hätte ich mir laut einen Anwalt gewünscht.

Immerhin konnte ich plausibel darstellen, dass ich nicht sofort zur Arbeit zurückkehren werde, egal welche Schritte hierfür notwendig sein sollten.

Zur Not rufe ich an meinem Entlassungstag aus der Reha einen Rettungswagen, der dann direkt vor der Reha-Klinik hält. Da kenne ich nichts!
Ich denke in diesem Moment ist auch Herrn Chefarzt deutlich geworden, dass seine Statistik von meiner Seite aus auf jeden Fall ins Negative gedrückt werden wird, denn auf meine Akte wird er nicht „als geheilt entlassen" schreiben können, so sehr er es auch möchte, um der Klinik einen guten Ruf zu bescheren.

Mit so einigen Missständen habe ich mich arrangiert, was diese Klinik betrifft, in der ich den Eindruck gewann, dass ein Großteil der Belegschaft hier demnächst selbst Patient sein wird, schon weil die Arbeitsplätze bzw. Abteilungen kolossal unterbesetzt sind und auch der Sparkurs überall zu spüren ist, bei den Mahlzeiten, beim Freizeitangebot, den Reinigungskräften, den Therapeuten bis hin zu der Einrichtung und der Gestaltung der Außenanlagen. Es ist so gut wie sicher, dass Geldmangel hierfür nicht der Grund sein wird, sondern die permanente Gewinnoptimierung. Es handelt sich nicht um eine staatliche Einrichtung……..!!!!

Hier geht es nach dem Motto: „Lieber Patient, bitte halte den Mund, schlaf', iss und trink' und um 23 Uhr schließen wir Dich ein, dann ist Zwangsruhe.

Für den Fall, dass hier tatsächlich mal jemand gesund anreisen sollte, hat dieser spätestens nach der Reha einen Dachschaden.

Ich konnte für mich in dem Gespräch aushandeln, dass ich krank entlassen werde und mit einer Wiedereingliederung nach vier Wochen zuhause wieder in das Arbeitsleben einsteige. Die Wiedereingliederung läuft auch über vier Wochen, mit einer wöchentlichen Steigerung der täglichen Arbeitszeit.

Nun bin ich doch recht böse auf diese Institution. Ok, es kann nicht alles glimpflich laufen. Dieses Gespräch habe ich auch noch mit Miss Psych besprochen, die ihrerseits auch mehr als erstaunt über den Ablauf war und bereits eine E-mail an den Chefarzt geschrieben und um Rücksprache gebeten hat.

Im Anschluss an die Chefarztvisite konnte ich meinen Ärger an meinem Speckstein auslassen sowie in dem Achtsamkeitstraining Entspannung finden.

Leider fiel diese Entspannung dem folgenden Vortrag der Frau Dr. Soundso zum Opfer, deren monotonen Stimme und unendlich vielen Folien ich vierzig Minuten lang folgen konnte, bis ich den Saal verließ, weil auch der Inhalt des Vortrags unerträglich langweilig war. Sodann haben Marie und ich uns einen Milchkaffee gegönnt und wir waren ob unseres

Schwänzens stolz auf uns. So kann es gehen, wir lernen „Nein" zu sagen. Ob die Therapeuten das damit gemeint haben, weiß ich nicht.

Die sind sowieso lustig! Empfehlungen wie, gehen Sie von der Arbeit einfach nach Hause, lassen sie die Arbeit liegen, grenzen Sie sich ab, indem Sie „Nein" sagen, suchen Sie sich einen neuen Job usw. sind doch nicht wirklich hilfreich!

Im ersten Moment tut es vielleicht gut, sowas zu hören, aber nun stell' Dir mal eine junge Arbeitnehmerin mit Kleinkindern vor, die ohnehin schon Schwierigkeiten hatte, einen Job zu finden.
Die soll jetzt anfangen, bei der Arbeit Rabatz zu machen? Oder jemand wie ich, ich kann nicht einfach die Arbeit liegenlassen. Es gibt einen Grund dafür, dass ich mehr Geld verdiene als andere. Soll ich mein Verantwortungsbewusstsein, das mich immerhin auf diesen Arbeitsplatz gebracht hat, abstellen? Das ist Humbug! Ich kann versuchen, etwas lockerer zu werden und mehr das Gespräch zu suchen, aber wirklich ändern werde ich im Unternehmen nichts.

Es folgte das Abendessen, und da mehrere von uns die Chefarztvisite hinter sich hatten und nicht bestens gestimmt waren, entstand ein regelrechtes Meckerabendbrot. Dabei ging es gar nicht mehr um den eigentlichen Stein des Anstoßes, sondern – wie in Deutschland üblich – um die Sauberkeit.

Sauberkeit – Thema Nr. eins in Deutschland! Ich bin verblüfft darüber, was es alles zu beobachten gibt, wenn Reinigungskräfte unterwegs sind. Da finden meine Mitpatienten doch tatsächlich noch ein oder zwei Fussel auf dem Fußboden nach dem die Reinigungskraft mit ihrer Arbeit fertig war.

Und sie entdecken Staubpartikel unter dem Bett, den einen oder anderen Wasserfleck auf Fliesen oder was weiß ich! Ich sehe das gar nicht bzw. befasse mich überhaupt nicht mit dem Thema! Ich kann mir kaum merken, wann mein Zimmer geputzt wird oder wann die Bettwäsche gewechselt wird. Entweder ich merke es noch rechtzeitig, weil ich das Putzkommando auf dem Flur höre, oder ich werde von ihnen geweckt, die fangen nämlich sehr früh an, und neulich habe ich der Dame gesagt, sie solle mein Zimmer auslassen, weil es gar nicht schmutzig sei. Eigentlich hatte ich nicht aufgeräumt und auch keine Lust dazu! Bisher habe ich es ein einziges Mal geschafft, am Putztag mit Aufräumen, Duschen, Anziehen usw. fertig zu sein, bevor mein Zimmer vom Putzgeschwader gestürmt wurde. Und ich bin schon eine ganze Weile hier.

Was wollen die anderen bloß? Zuhause müssten sie alles allein machen. Ich schaffe es überhaupt nicht, mein Zimmer so zu verdrecken, dass es alle zwei Tage gereinigt werden muss.
Ok, schön, ich bin leidensfähiger als andere, aber nicht schmutzig.

Es erinnert mich an ein Ostern als Steffi und Tim noch sehr klein waren. Sie kamen zu mir in die Küche und sagten: „Mami, können wir jetzt die Osterdekoration an die Fenster anbringen?" „Ja, klar!" erwiderte ich, „Legt los!" – „Ja, Mami, aber kannst Du uns helfen, die Weihnachtsbilder von den Scheiben abzumachen?"

So war es! Ganz genau so! Meine Güte, ich hatte viel zu tun und diese Bildchen an den Fenstern waren mir entgangen, ebenso der Schmutz! Und wozu hat man Kinder, die einen auf so freundliche Art und Weise daran erinnern, die Scheiben zu reinigen.

Die Stellen, wo die Aufkleber waren, sind natürlich sauber gewesen. Mir kam die Idee, Ganzfensterklebefolien zu kaufen und diese regelmäßig zu wechseln, anstatt Fenster zu putzen.

Alles war gut, wir waren am Leben und gesund! Und es war lustig!
Aber wirklich schmutzig ist es bei mir nie!

Außerdem habe ich bei diesem Meckerabend erfahren, dass es auf unseren Zimmern Eimer mit Wischlappen und Reinigungsmitteln geben soll. Das war mir neu und ich habe Marie dazu ausgiebig interviewt. Sie sagte mir immer wieder, ja, die gebe es, auch bei Dir, ganz bestimmt. Irgendwann war es soweit und ich fragte direkt: „Ja, mag sein, aber woooooooo??????" Sie sagte: „Unter dem Waschtisch!" Ich sagte: „Nein, unter meinem Waschtisch steht kein Eimer, das wäre mir aufgefallen!" Sie sagte: „Doch, da MUSS ein Eimer sein!" Naja, so ging es noch eine Weile weiter, als ob wir nach irgendetwas Wichtigem suchen würden.

Zum Frühstück kam ich am nächsten Morgen recht aufgeregt und teile mit, dass ich den Eimer unter dem Waschtisch gefunden habe, in einem kleinen Schränkchen, das mir vorher gar nicht aufgefallen war. Marie war entsetzt und entzückt zugleich! „Ne", meinte sie, „es gibt Schränkchen unter den Waschtischen. Ist ja toll! Aber warum habe ich kein Schränkchen?"

Und so entbrannte eine neue Diskussion.
Dies alles erinnert mich an die Serie Frauentausch. Selbstverständlich gehöre ich zu den Millionen Frauen, die diese Serie nicht sehen, niemals, nein….nur ab und zu aus Neugier…..

Darin geht es immer um Sauberkeit. Die eine Frau kommt zu der anderen Frau in den

Haushalt und entdeckt als erstens Krümel auf der Fußmatte, Kalkränder an den Armaturen, Wasserflecken auf dem Tisch, Staub auf den Fußleisten und den offenstehenden Türen, einen schrumpeligen Apfel in der Küche und so fort. Natürlich bezeichnet sie die befehlshabende Hausfrau als schlampig und sie sagt, dass sie es keine zwei Tage in diesem Haushalt aushalten könne.

Danach geht es weiter an die Schränke und Schubladen, die sowas von unaufgeräumt sind, weil man an die T-Shirt-Stapel eine Wasserwaage nur anlegen kann, wenn man auf eine Blase ganz rechts oder ganz links vorbereitet ist und dies noch dazu akzeptieren kann.

Die Dessous-Schublade findet besondere Beachtung. Dann steht da eine schwergewichtige Wuchtbrumme vor den zierlichen Stringtangas, Korsetts und Strapsen und bezeichnet die Inhaberin dieser hübschen Teile folgerichtig als vermeintliches Flittchen. Klischee pur! So zieht es sich durch die gesamte Sendung.

Mit meinen Kindern habe ich eines Tages die Überlegung angestrengt, wie viel Geld die Sendungsmacher einem wohl zahlen, damit man sich derart bescheuert vor der Kamera präsentiert, denn für uns ist es unvorstellbar, die Zeit mit solchen Nebensächlichkeiten zu verplempern.

Beide, Steffi und Tim, sahen Geldberge vor ihren Augen und ich sah ihren Glanz in den Augen.
Mir schwante Böses und da kam es auch schon wie aus der Pistole geschossen: „Mama, bitte mach' mit bei Frauentausch!"
Die zwei sind ganz schön gemein. Sie wussten sehr genau, dass ich der Rolle Miss Sauberfrau bestimmt nicht gerecht werden könnte, die Gegenfrau aber in meinem Haushalt ganz sicher über einen Zeitraum von vierzehn Tagen pausenlos Tiraden ablassen könnte.

Wahrscheinlich würde die meine Bücher dann nach Größe sortieren, so wie im Möbelhaus, und meine Wäsche wäre bestimmt nach Farbe einsortiert und nicht nach Lieblingsstück und Notfallstück, meine Schuhe nach Absatzhöhe und in der Besteckschublade wäre unser schönes Durcheinander griffsicher einsortiert, Messer zu Messer, Gabeln zu Gabeln und so. Ein Schocker!

Aber ich kann auch gemein sein! Ich sagte beiden, dass ich bestimmt in eine muslimische Familie käme und mir deren Lebensart angewöhnen würde. Dann käme ich mit Kopftuch und Mantel zurück und es wäre vorbei mit dem Lotterleben, denn die muslimische Mutti würde mal neue, strenge Sitten einführen. Steffi müsste Kopftuch tragen, waschen, putzen usw.
Tim müsste ständig auf Steffi aufpassen und überhaupt ein echter Kerl sein und schon gar

nicht dürfte er kochen, was er nämlich sehr gern tut.

Und beide müssten nach der Schule am Tisch sitzen und die Hausaufgaben erledigen, nix mehr mit abends im Bett noch schnell Vokabeln lernen oder morgens im Bus die Hausaufgaben abschreiben….!

Und ständig einen Haufen Freunde mitbringen wäre auch vorbei! Und wenn sie ganz doll Pech hätten, fiele die ganze Geschichte auch noch in die Zeit des Ramadan und die beiden würden hungern müssen!

So konnte ich die Idee aus ihren Köpfen bringen, ich hatte wirklich Angst, die zwei würden mich heimlich anmelden! Und ich habe mich dabei ertappt, wie ich im Internet nach mutigen Reinigungsunternehmen und Aufräumunternehmen gesucht habe, die schnell noch meinen Haushalt auf Vordermann bringen könnten.

Heute war Chris-Tag!

Ich bin um acht Uhr zum Frühstück runtergegangen und habe über mich ergehen lassen, dass alle mich fragten, ob ich wohl doch einen Chip für das Mittagessen benötige. Sie hatten vorsichtshalber schon einen für mich organisiert, für den Fall, dass Chris zu spät käme und ich Hunger habe.
Sehr witzig! Ich habe sehr genau darauf verwiesen, dass Chris letztes Mal überpünktlich war, elf Uhr war abgemacht und er war um kurz vor elf da. Aber auch das führte zu einigem Lächeln, ich weiß auch warum, die anderen Partner sind immer früher angekommen als elf Uhr, obwohl sie einen langen Weg haben und Chris braucht nur eine halbe Stunde zu fahren....!

Nun weiß ich nicht, wer bessere Laune hat. Jemand der sich aus dem Bett quält, lange fährt und hundemüde ankommt oder jemand, der ausgeschlafen hat und dann angedüst kommt. Sicher, manchmal kommt mir auch der Gedanke, dass es nicht gerade hyperaufmerksam ist, sich für einen Besuch bei mir, nicht eher aus dem Bett zu schwingen. Aber hey, wir haben alle unsere Gewohnheiten und je älter wir werden, desto weniger haben wir Lust, uns zu verändern.

Ich habe auch meine Marotten und so will ich versuchen, mit Chris' Ausschlafen und seinen festen Fütterungszeiten um zwölf und um neunzehn Uhr zu leben. Auch wenn es mich aufregt...!

Wir waren um elf Uhr verabredet und um von den anderen nicht bedauert zu werden, drückte ich mich auf meinem Zimmer rum.

Um halbzwölf klingelte mein Handy! Chris! „Ich habe verschlafen! Ich weiß, ich bin ein A.....! Bitte sei nicht böse!" Ich war tatsächlich nicht böse, wahrscheinlich habe ich die Hoffnung schon längst aufgegeben, dass sich diesbezüglich etwas ändern würde.

So ging ich hocherhobenen Hauptes zum Mittagessen, zuckte mit den Schultern und die anderen haben nur mit dem Kopf genickt und den Mund gehalten. Ich selbst nahm mir vor, meinen doch zum Teil vorhandenen Unmut demnächst an dem Speckstein auszutoben, den ich mittlerweile meinen Fels in der Brandung nenne.

Außerdem muss ich ehrlich gestehen, dass Chris mit mir auch eine Menge aushalten muss. Meine Güte, wie viele Gemeinheiten ich ihm schon an den Kopf geschmissen habe und nicht ein Mal hat er es mir wirklich übel genommen und mir immer sofort verziehen. Ob ich mir da meine eine Scheibe abschneiden sollte? Es ist ein Hin und Her!

Neulich, als ich mich gerade wieder meine Ersatzdroge Lakritz in dem kleinen, schnuckeligen Laden hier im Ort eindeckte, habe ich ihm auch eine Ladung davon gekauft und in einer sehr hübschen Verpackung versteckt. Ich weiß, er liebt das, und irgendwie plagt mich doch mal das schlechte Gewissen ihm gegenüber.

Wenn ich nur daran denke, wie viele Kilometer er mich schon durch die Gegend gefahren hat. Ich mag es, kutschiert zu werden! Und dann die Geschichte unseres ersten Sommerurlaubes.

Wir hatten geplant, nach Litauen zu fahren. Von Planung kann nicht wirklich die Rede sein, denn Chris hasst es zu planen. Aber das Ziel stand fest. Ich hatte mich nach Fähren in die Richtung umgesehen, die sahen alle aus wie Seelenverkäufer und ich sah uns in der Gefahr schanghait zu werden (kommt von schanghaien, wie das konjugiert wird, weiß ich nun echt nicht!). Am Ende hätten wir uns irgendwo in der Kombüse wiedergefunden und wären für den Rest unseres Lebens zum Kartoffelschälen verurteilt gewesen.

Ganz sicher war ich mir darüber, dass wir niemals in Litauen ankommen würden und schon gar nicht der Benz! Also haben wir von der Reise auf einer Fähre Abstand genommen, auch weil man im Voraus angeben sollte, mit welchem Fahrzeugtyp auf das Schiff gefahren wird (ich würde eher Kutter sagen) inkl. Kennzeichen usw. Ja, was wissen wir denn, mit welchem Auto wir fahren werden. In der Hinsicht sind Chris und ich gleichermaßen zickig, deshalb sollte nun die Reise durch Polen über Land gehen.

Am Tag der Abreise habe ich die Wettervorhersage für Litauen geprüft. Es sollte 14 Tage lang regnen. Wir standen mit Koffern und allem abfahrbereit in der Tür als ich sagte: „Duhuuuu, Chris, in Litauen soll es die nächsten 14 Tage nur regnen!" – „Ja", meinte er „und was bedeutet das jetzt?" – Ich antwortete: „Das bedeutet, dass ich da nicht hin will!" – „Dann fahre ich Dich jetzt nach Kroatien!" war die Antwort.

Ich denke, jeder andere Mann hätte seine Frau mit dem Koffer sofort erschlagen, aber ich darf das! Genauso wie er letztes Mal eine Stunde lang mit mir, trotz knurrenden Magens, durch die Gegend gefahren ist, bis mir ein Platz zum Picknicken gut genug erschien.

Kathleen, meinst Du ich bin ein bisschen anstrengend? Immer wenn Chris ansatzweise, mehr würde er sich nie trauen, solche Andeutungen macht, sage ich: „Ich bin nicht kompliziert oder anstrengend! Mach' einfach, was ich will, dann ist alles gut!" Eine bessere Anleitung kann es für mich doch gar nicht geben! Was ist daran anstrengend oder kompliziert?

Um halbzwei war Chris bei mir. Wir sind gleich wieder ans Meer gefahren, er weiß, dass ich das liebe. Der Tag war schön. Am Abend waren wir auf dem hiesigen Jahrmarkt und haben eine Menge Geld in diese Münzschiebeautomaten geworfen. Es war überraschend, wie viel Spaß es uns brachte, dabei ist Chris doch sonst immer so vernünftig. Am Ende hatten wir eine Menge Gewinnchips und sind nun stolze Besitzer zweier Cappuccinotassen und eines mp3-players. Die brauchen wir zwar nicht, aber es war den Spaß wert.

Alles war wunderbar und ich merke immer wieder, dass ich ihn zwar auf den Mond schießen könnte, etwas mehr Sicherheit wäre nicht schlecht, aber dann stelle ich doch immer wieder fest, dass wir beide schon ähnlich ticken. Wie soll das bloß enden?
Trotzdem haben wir abgemacht, dass er mich in den letzten Tagen nicht mehr besuchen soll, es bringt mich immer etwas aus dem Konzept.

Kathleen, dies wird bestimmt nicht der letzte Brief an Dich sein, denn das ist eine Never Ending Story! Und beinahe befürchte ich, dass Chris gerade in diesem Moment an seinem Schreibtisch sitzt und auch eine Story schreibt.

Ich verfolge den üblichen Tagesablauf, gespickt mit Runden um den See und den heimlichen Kaffees mit Marie, wir sind ja schon als doppeltes Lottchen bekannt. Dauernd werde ich gefragt, wo denn Marie ist, wenn ich jemandem begegne und umgekehrt, wird sie nach mir gefragt, wenn sie allein unterwegs ist. Meine Schwimmrunden werden besser und besser, die Wege zum Sport und zu anderen Therapien gehe ich im Schlaf. Fällt mal etwas aus, stehe ich da und frage mich, was ich tun soll. Es wird Zeit, den Rest rumzubringen.

Ein besonderes Ereignis war der Tanz in den Mai. Wieder ein schwerwiegendes Problem, mit dem wir uns rumzuschlagen hatten, denn der Ruf nach einer Aufhebung der 23 Uhr Regelung – wenigstens ausnahmsweise – wurde laut! Wer tanzt schon gern in den Mai und muss vor dem ersten Mai zuhause sein.

Leider, leider gab es keine Ausnahme. Wir zogen zusammen los, es ergab sich wieder eine Schlange Patienten von der Klinik bis zum Marktplatz.
Auf dem Marktplatz waren jede Menge Fressbuden aufgebaut und eine Bühne, von der aus ein DJ alte Schlager ertönen ließ! Grauenhaft! Marie und ich versuchten uns mit einem Bier zu betäuben. Auf dem Marktplatz waren außer Patienten kaum andere Leute zu sehen.
Aus der Menge heraus stachen immer wieder die Gesichter von Meister Eder und seinem

Pumuckl. Worauf wir am wenigsten Lust hatten, war, von denen in eines dieser nichtssagenden Gespräche verwickelt zu werden.

Die Einheimischen tauchten bestimmt erst um 23 Uhr auf, weil sie wissen, dass wir dann weg sind. Wir langweilten uns nicht schlecht. Marie und ich beschlossen, in den Pub des Hotels neben unserer Klinik zu gehen und hofften, dort auf bessere Stimmung zu treffen. Es war gerade mal 21 Uhr!
Weißt Du was? Der Pub war geschlossen! An dem Tag, an dem in den Mai getanzt wird, war der Pub geschlossen! Unvorstellbar! Wer macht denn sowas.

Und weißt Du, was noch viel schlimmer war? Wir sind dann ins Bett gegangen! Ehrlich!
Wie gesagt, die Luft ist raus und es wird Zeit, dass wir hier abhauen!

Am nächsten Tag waren wir mit unserer kleinen Gruppe nochmal auf dem Jahrmarkt, aber so richtig Stimmung kam nicht auf! Wenigstens habe ich endlich mal wieder Entchen geangelt. Christine hat – trotz Verbots – versucht, ihre Stimmung mit Crêpes aufzubessern, und zwar getränkt mit Grand Manier! Viel geholfen hat es nicht und ich fürchte, sie wird Kopfschmerzen gehabt haben!

Hilfe! Countdown läuft! Nur noch wenige Tage und ich breche hier die Zelte ab!
Es kommt die Woche, das letzte Mal Holzarbeiten, das letzte Mal Specksteinarbeiten, das letzte Mal Einzeltherapie, das letzte Mal Waldspaziergang mit Jacke, das letzte Mal Sport mit Hallenschuhen, das letzte Mal Schwimmen nicht nackt, sondern mit Badeanzug, das letzte Mal Gruppentherapie usw. usw.

Du kennst mich gut genug, um zu wissen, dass ich mir überlege, einen unvergesslichen Eindruck zu hinterlassen. Vielleicht doch nackt schwimmen oder Waldspaziergang ohne Jacke? Nein, ich will vernünftig sein und mich ordentlich benehmen, das hinterlässt dann einen unvergesslichen Eindruck bei mir!

Ich habe eine Liste, die abzuarbeiten ist! Ich und meine Listen! Wenn ich eines Tages sterbe, werden meine Kinder nach der Liste suchen, die ich hinterlassen habe. Ohne diese werden sie hilflos vor meinem toten Körper stehen und nicht richtig wissen, was sie tun sollen. Ein wichtiger Gedanke, ich schreibe ihn gleich auf meine Liste „noch zu schreibende Listen"!

Ich musste unbedingt und ganz schnell in die Boutique im Örtchen. Dort habe ich eine Bluse und eine Jäckchen gesehen. Diese beiden Teile sind hoffentlich noch zu erstehen. Warum habe ich sie nur nicht sofort gekauft? Es ist dieses

„womöglich finde ich noch etwas Besseres" in mir.

Also bin ich dort schnell hin und juhu, beide waren noch da. Gekauft und abgehakt!
Wirklich! Ich gehe dort nicht mehr hin! Auch wenn Alina, die mich begleitet hat, anderer Meinung war! Auf dem Weg zur Kasse habe ich mir schnell noch ein paar Kleinigkeiten geschnappt, davon aber nur eine gekauft. Die Verkäuferin fragte, ob ich mir sicher sei, jetzt alles zu haben, was ich möchte. Toller Trick! Den kenne ich! Natürlich habe ich nicht alles, was ich möchte! Und im Prinzip folgerichtig sagte Alina zu der Verkäuferin als ich zielstrebig zu Tür ging: „Keine Sorge, die kommt bestimmt nochmal wieder!" Nein, das werde ich nicht tun, denn auch wenn ich den ganzen Gammel, den ich gekauft habe, einfach so, ohne Koffer in den Kofferraum werfen könnte, ist auch der Rauminhalt eines Kofferraumes beschränkt und ich fürchte, ich habe sämtliche Kapazitäten nun ausgeschöpft!

Zum Glück war Marie nicht dabei! Es hätte ein Fiasko gegeben. Wir beide hätten uns nur gegenseitig dazu animiert, dieses und jenes noch zu kaufen. Wer weiß, wann wir sowas wiederfinden, und Klamotten kann man nie genug haben. Am Ende hätte der Ladenbesitzer für uns einen Spielmannszug organisiert, der uns als Dank für den umsatzreichen Einkauf mit dem Song „Oh happy day" auf dem Weg zur Klinik begleitet hätte. Um uns herum wären rosafarbene Luftballons mit dem aufgedruckten Namen der Boutique geflogen. Ok, die Fantasie geht mit mir durch!

So langsam machte sich Wehmut breit! Wann immer ich Leute aus meinen Sportkursen traf, teilte ich ihnen mit, dass ich das letzte Mal dabei sein werde und bat sie auch, wirklich zu kommen und nicht zu schwänzen, damit wir nochmal zusammen Spaß haben.

Solche Nachrichten verbreiten sich dann wie ein Lauffeuer! Ich kenne das! In der Raucherecke heißt es dann: „Hast Du schon gehört, die fährt bald nach Hause." Je nach Beliebtheitsgrad gibt es Kommentare wie: „Ach, schade, die war lustig!" oder „Zum Glück!" Ich hoffe, dass „Zum Glück!" wird in meinem Fall nicht ausgesprochen. Ich denke nicht, denn alle waren bei den Kursen anwesend und hielten mit mir noch ein kurzes Schwätzchen.

Alle Sportkurse habe ich mit Bravour gemeistert! Schwimmen mit Badeanzug, Waldspaziergang mit Jacke, Indoorsport mit Hallenschuhen.

Kein Puls über 100, keine Schmerzen beim Arme um mich herum kreisen lassen, keine Zerrungen bei Pilates, keine Verletzungen beim Ballsport, keine Probleme beim Koordinationstraining, ich habe immer meine Nase getroffen, und beim Partnerkoordinationstraining, bei dem man die Hände des Sparringpartners gegenüber treffen soll, gab es auch keine Verletzungen. Ich habe immer dessen Hände getroffen, obwohl ich der

Meinung war, der eine oder andere hätte durchaus einen Treffer auf die Nase verdient.

Auch beim Ballsport habe ich niemanden mit meinem Badmintonschläger getroffen und auch keine meiner berühmt berüchtigten Volleyballangaben landeten brutal am Kopf des Gegners.
Okay, beim Fußball habe ich wohl tatsächlich manchmal zu hart geschossen, dafür dass wir in der Halle spielten und wohl niemand damit rechnete, es waren ja nicht unbedingt Fußballspieler auf dem Platz. So mussten ab und zu die einen oder anderen in Deckung gehen, aber alles verlief glimpflich und niemand kam ernsthaft zu Schaden!

Am letzten Sonntag bin ich nochmal in die Schwimmhalle gewandert und habe mich ausgetobt. Dieses freiwillige Schwimmen war immer mein Highlight! Kein Trainer am Beckenrand, keine anstrengende Gymnastik im Wasser, einfach nur Schwimmen.
Top fit, sage ich Dir! Top fit! Ich bin rein ins Schwimmbad und habe meine Bahn in Beschlag genommen. Niemand, aber auch wirklich niemand, wagte es dieses Mal, mir in die Bahn zu schwimmen oder sonst wie nervend langsam meine Bahn zu kreuzen oder was weiß ich. Ich muss wohl mit brutalster, energischer, zielstrebiger Miene in der Schwimmhalle aufgekreuzt sein, ähnlich der eines Footballspielers in der Defense mit grimmigen Gesicht, geballten Fäusten,

gangsterhaftem Gang und mit dieser Kriegsbemalung, Du weißt, was ich meine, diese tiefblaue Farbe unter den Augen! Nicht dass ich inzwischen die Statur eines solchen Defense-Players angenommen hätte, aber gefühlt habe ich mich, als wenn ich durch keine Tür passen könnte.

Meine 1.500 m habe ich in 53 Minuten abgeschwommen! Für mich ist das ein sehr gutes Ergebnis.

Mit meinen Arbeiten in der Ergotherapie war ich ein bisschen in Verzug. Eine Menge Arbeit lag vor mir und so fühlte ich mich ein wenig gestresst, als ich in die Werkstatt zu meiner Holzarbeit ging. Ich bringe Dinge gern zum Ende.

Normalerweise plaudere ich mit den anderen bei dieser Arbeit und zeige mich hilfsbereit. Dieses Mal nicht. Ich bin rein in die Werkstatt, habe mir mein Werkzeug gegriffen, war rechtzeitig genug, einen günstigen Platz zu ergattern, und dann ging es los.

Ich sägte und sägte ohne Unterlass, denn zu Hause habe ich keine Laubsäge und dieses Barockmuster für den Spiegelrahmen musste nun mal hier fertig werden. Vollste Konzentration, denn es handelt sich doch um recht filigrane Arbeit.
Zack und fertig! Und wieder passt der Spruch: „Alles dauert so lange, wie man Zeit hat!" Aufgeräumt, Tisch gesäubert, Boden gefegt, Tschüss gesagt, die Holzarbeit unter den Arm und ab durch die Mitte!

Ähnlich erging es mir mit meinem Speckstein. Der Riesenklotz war zwar in der Zwischenzeit um einiges geschrumpft, aber eben noch nicht fertig.

Spätestens nach dieser letzten Stunde haben alle anderen, die anwesend waren, einen Heidenrespekt vor mir.

Es lief ähnlich wie bei den Holzarbeiten, nur dass ich noch dazu mit einer mordsmäßig stinkenden Politur an dem Speckstein gearbeitet habe.

Das Wienern war anstrengend und ich fluchte ähnlich viel wie bei den Geburten meiner Kinder, nur dass ich hier keinem Vater gleichzeitig viele tiefblaue Flecken auf dem Oberarm zauberte und auch zwischen meinen Flüchen keine Witze erzählte.

So, das Ding ist also auch fertig und mit sehr viel Fantasie erkennt man drei hintereinander stehende Elefanten, alles in grün. Welcher Teufel hat mich bei dieser Arbeit bloß geritten?

So rannen mir die letzten Tage unter den Nägeln weg

Ob Mrs. Psych wohl froh ist, dass ich abfahre?

Ich glaube, so schlimm war ich gar nicht. Sie hat mir im Grunde ein paar Komplimente gemacht. Das finde ich schwer in Ordnung und es gehört ja auch zu einem Abschied.
Als Psychologin wird sie wohl kaum jemanden mit schlimmen Worten verabschieden, bzw. sich überhaupt jemals negativ äußern.
Aber ich meine, tatsächlich das eine oder andere Kompliment herausgehört zu haben.
Gut fand ich, dass sie sagte, ich komme bei allem, was ich tue oder sage, authentisch rüber. Mir ist bewusst, dass das nicht für jedermann gut ist und ich vielleicht hier und dort mal von meiner Geradlinigkeit abweichen dürfte, nur um einen anderen Menschen vor mir zu schützen, aber das liegt mir nicht.
Deshalb bin ich auch nicht Botschafterin, Konsulin, Bundeskanzlerin oder Außenministerin geworden. Alles Ämter, die meinem Naturell nicht entsprechen! Lach nicht!

Auweia! Immer diese Missverständnisse! In der Gruppentherapie werden Leute, die ein letztes Mal teilnehmen, anscheinend einer besonderen Behandlung unterzogen.

Die Therapeutin erwähnte gleich zu Anfang, dass ich die Gruppe nun verlasse, und es natürlich schön sei, dass ich nun nach Hause

dürfe, nach dieser schweren Zeit (bla, bla, bla), aber es immer auch traurig sei, jemanden zu verabschieden.
Ha, wer's glaubt, wird selig. Ich kannte mindestens einen Gruppenteilnehmer, der wahrscheinlich abends eine Flasche Sekt geköpft hat. Nämlich Pumuckelchen!

Und dann fragte die Therapeutin:
„Möchten Sie einen Koffer mitnehmen?"

Ich staunte nicht schlecht! Mein Fehler war und ist nach wie vor, dass ich Aussagen und Fragen anderer ernst nehme!

Einen Koffer? Ja, logisch, wollte ich einen Koffer mitnehmen!
Nicht nur einen! Alle meine Koffer wollte ich mitnehmen.
Warum auch nicht! So viele Plastiktüten gibt es doch gar nicht, als dass ich meine Koffer zurücklassen konnte! All das Zeug von zuhause, allein das Sportzeug war einen großen Koffer wert und dazu noch alles, was ich hier gekauft hatte, plus diesen wahnsinnig schweren Speckstein und das sperrige Holzteil!
Einen Koffer!!!??? Die spinnt! Ich benötige einen 20 Fuß Container!

Aber es war ganz anders gemeint!

In einer Gruppentherapie bekommt man einen Koffer mit guten Wünschen! So ist das! Größe und Farbe sind nicht wählbar.

Eigentlich wollte ich nämlich sagen: „Okay, wenn der pink ist, vier Rollen und Übergröße hat, dann nehme ich ihn!" Nö, war nicht möglich! Also sagte ich, „Nein, ich brauche keinen zusätzlichen Koffer!" Und wer weiß, was die einem da so alles reinpacken. Ich sah uns schon in dem Spiel „Ich packe meinen Koffer…." Kennst Du das noch? Das kann unendlich lange dauern, je nach Gedächtnis der Teilnehmer!

Nun, Frau Therapeutin ließ sich von dieser wohl sehr wichtigen Sache nicht abbringen und forderte, meiner Ablehnung zum Trotz, jeden auf, mir noch einen guten Wunsch mitzugeben. Warum fragt die denn erst? Wo war jetzt der Unterschied zum Koffer? Ich stieg da wirklich nicht durch!

Also, teilte mir jeder in der Runde mit, was er mir wünscht. Es ist so ähnlich gelaufen, wie ich mir die Verabschiedungsszene einer Horde 85jähriger Frauen nach einem Kaffeekränzchen vorstelle, die allesamt befürchten, in dieser Konstellation nie wieder zusammen zu treffen.

Das Übliche also: Gesundheit, Glück, Freude, dass alles so wird, wie man es sich wünscht, alle Träume in Erfüllung gehen (ich glaube, das sagen die 85jährigen nicht mehr, obwohl…warum nicht?).
Pumuckl hat lange geredet, irgendwie nett, glaube ich, aber es war zu lange und fast wäre mein Kopf auf meine Brust geknallt, als mir

wegen des Atemtrainings, das ich anwandte, die Augen zugefallen sind. Sorry, aber der Typ wirkt auf mich wie eine Mischung aus einem dreifachen Espresso und Schlaftabletten. Er langweilt mich und gleichzeitig rege ich mich über ihn auf.

Zuletzt bekam ich von der Therapeutin noch die Gelegenheit zugesprochen, etwas zu sagen oder auch zu wünschen.

Ich wollte „Ich wünsche mir den Weltfrieden!" sagen.

Das ist doch das, was die Schönheitsköniginnen immer sagen, oder?
Aber ich habe nur „Danke!" gesagt! Ich finde, das ist völlig ausreichend!
Danach zog ich von dannen.

Das Ende des Aufenthaltes rückt näher und näher! Und jeden Tag wollen wir genießen und zelebrieren.

Deshalb waren wir doch noch im Pub nebenan! Freitags läuft dort immer Musik und wir haben uns ein bisschen aufgerüscht und sind alle zusammen rübergegangen. Vorher haben wir noch bei Christina im Zimmer mit zwei Flaschen Sekt vorgeglüht. Nach so viel Wochen der Abstinenz hat es dazu geführt, dass ich bereits leicht angeheitert war, als wir losgingen.

Im Pub angekommen haben Marie und ich alles auf eine Karte gesetzt und sofort damit begonnen, den Cocktail des Abends, irgendeinem Zeug mit hochprozentigem Alkohol darin, uns zu Gemüte zu führen. Mutiger Weise sind wir den Abend über bei dem Getränk geblieben, jede von uns hat insgesamt vier in sich hineingeschüttet und spätestens nach eineinhalb Gläsern war es uns sowas von egal, wie die Regeln sind...!

Wir haben getanzt, gelacht, gescherzt! Der Abend war einfach klasse und brachte uns den Moment ein, in dem gesagt wird, man solle aufhören, wenn es am Schönsten ist!

Als sich nach Erkundigungen herausstellte, dass für uns kein besonderes Abendmahl zubereitet wird, hat sich unser gesamtes Tischteam darauf geeinigt, die Klinikküche am letzten Abend zu boykottieren! Außerdem sprach auch nichts dagegen, mal wieder ein ordentliches Mahl eigener Wahl einzunehmen.

Also hat Alina einen Tisch in einem Restaurant reserviert.

Es war schön und es gab sogar Abschiedsgeschenke.
Wir bekamen von Alina Fotos, die während des Reha-Aufenthaltes aufgenommen wurden. Eine wirklich nette Idee. Kleine Schokoladen wurden hin- und herüberreicht und wir haben unsere Adressen ausgetauscht.
Bei mir soll das wirklich viel heißen, denn ich habe noch niemals z.B. in einem Urlaub mit Leuten, die ich vor Ort kennengelernt habe, Adressen ausgetauscht. Aber es ist nie zu spät, sich zu ändern und so habe ich einen Anfang gewagt, es fühlt sich gar nicht mal schlecht an, im Gegenteil!

Es wurde gelacht, wir tranken Alkohol, nicht viel, aber immerhin! Wenn die uns aus der Klinik geschmissen hätten, wäre die letzte Nacht halt durchgezecht worden.
Ich weiß gar nicht, warum das Alkoholthema in den letzten Tagen so an Bedeutung gewonnen hatte. Wahrscheinlich ist es wie mit fast allen

Dingen, die verboten sind. Je mehr etwas verboten ist, desto mehr will man es auch haben.
Was mich wieder an meine Schokolade erinnert. Denn während ich diese letzten Zeilen schreibe, stopfe ich auch die Schokoladenreste in mich hinein.
Das Essen war übrigens auch gut!

Diese viele Schokolade, das Feiern in den letzten Tagen mit gutem Essen und Alkohol hat mir eine schlaflose Nacht eingebracht, denn wir mussten alle auf die Waage!
Das Programm wird hier voll durchgezogen, für jeden dasselbe! Egal, ob Du zu den Übergewichtigen gehörst oder nicht, Du musst zum Abschied auf die Waage.
Und dieses Mal durfte ich mich nicht im Pflegezimmer von einer Krankenschwester wiegen lassen und dabei die Augen schließen. Dieses Mal musste ich mich wiegen, das Gewicht ablesen und dann zur Pflegestelle gehen und es mitteilen.

Du kannst Dir vorstellen, dass ich mich am Abend zuvor beim Essen zurückgehalten habe und auch nachts nicht viel Wasser in mich hinein geschüttet habe. Morgens habe ich mich noch vor dem Frühstück gewogen. Ich hatte aber auch beschlossen, ehrlich zu mir zu sein, wenigsten ein bisschen und hatte dieselbe Kleidung an, wie beim ersten Wiegen. Und, was war? Ich hatte 0,5 Kilogramm abgenommen.

Das allerdings hat mich dazu ermutigt, doch noch die restliche Schokolade zu vertilgen, wie ich Dir soeben berichtete, und nun hat sich das halbe Kilogramm mit Sicherheit wieder wie Gold um meine Hüften geschmiegt!

Mit vielen Gesprächen, viel Zuversicht aber auch viel Wehmut haben Marie und ich die letzen Tage zusammen verbracht, sind um den See gegangen, waren in dem kleinen Hofcafé am See oder im Örtchen im Café oder im Herzklinikcafé.

Alles haben wir nochmal besprochen und uns versprochen, uns nicht aus den Augen zu verlieren. Hier haben wir viel gemeinsam durchgestanden und überhaupt ähneln sich die Gründe für unseren Aufenthalt hier sehr.

Zwei durchgeknallte Blondies haben diese Klinik und diesen Ort erobert, viel gelacht und viel geweint. Alles in allem geht es uns besser und das war das Ziel!

Zum Abschluss sind wir am Samstag nach der Freitagsparty im Pub mit latenten Kopfschmerzen nach Hamburg gefahren.
Marie war noch nie dort und so habe ich ihr diese wunderbare Stadt gezeigt, und zwar mit einem ordentlichen Kontrastprogramm.
Blick auf die herrliche Elbe und den grandiosen Hafen, die Binnen- und Außenalster, den Jungfernstieg, den Neuen Wall, das Hanse Viertel usw. aber auch den Blick auf die Industrieviertel und die sozialen Brennpunkte bei der Fahrt mit S- und U-Bahn und nicht zuletzt das Schanzenviertel und St. Pauli inkl. Davidswache und Herbertstraße.
Die Davidswache aber nur von außen, denn wir haben uns anständig benommen, und die

Herbertstraße darf man als Frau sowieso nicht betreten, wir sind ja nicht ganz bekloppt.

Ein toller Tag, der mit Sonne begann und abends mit strömendem Regen endete, wie es sich für Hamburg gehört.

So! Ich kann es nicht fassen, das Ende liegt direkt vor mir!

Die Koffer sind gepackt, der Rest liegt daneben in Tüten oder auch unverpackt zu transportieren. Fünf Wochen sind eine lange Zeit und ich hatte mich häuslich eingerichtet.

Für Marie haben wir gestern Abend noch schnell ihr Auto vom Parkplatz geholt, damit sie schon mal heimlich, wenn es dunkel ist, den Großteil ihres Gepäcks verladen kann. Anders als „verladen" kann man es wohl nicht nennen, denn das Auto, durchaus kein Kleinwagen, war bis unter das Dach vollgestopft. Da hätte keine Nagelfeile mehr zwischen gepasst.

Marie hat es gut. Sie konnte das unbemerkt erledigen. Ich durfte heute meine Sachen nach unten schleppen und bin vier Mal mit dem Aufzug gefahren. Der ganze Haufen liegt jetzt hier im Foyer, während ich darauf warte, dass Chris vorfährt und mich abholt.
Einige Male bin ich schon angesprochen worden, ob der Krempel komplett zu mir gehört. Ha, ha! Sehr lustig! Was soll die blöde Frage? „Nein, es handelt sich um das Gepäck einer Reisegruppe, die für sich für zwei Tage in diese Klinik eingebucht hat. Es läuft in den Reiseprospekten unter „Abenteuerreisen"!!!"

Aber es war leider nicht zu leugnen, dass es sich bei der Tonne Koffern und Tüten etc. um

mein Gepäck handelte, denn Folgendes spielte sich ab:
Ich warf einen letzten Blick in mein Postfach! Ein letztes Mal! Wie oft habe ich da reingeschaut, in der Hoffnung, etwas anderes vorzufinden, als meinen neuen, geänderten, noch vollgestopfteren Wochenplan. Und manchmal war ja auch was drin. Der Postkasten ist mit meiner elektronischen Karte zu öffnen, die ich nun abgeben musste.

Ich ging zur Pflegeleitung, legte die Karte auf den Tisch und dachte, damit sei das alles erledigt.
Die Dame am Schreibtisch fragte mich aber „Ja und wo ist die blaue Karte?" – „Welche blaue Karte?" – „Na, die blaue Karte, in der ihre Sportkurse abgehakt wurden, ihr Puls, Gewicht usw. eingetragen wurden!"

Tja, ich dachte, die gehört mir, aber in diesem Moment war mir natürlich auch klar geworden, dass diese zu Abrechnungszwecken benötigt wird. Die blaue Karte beweist, woran ich teilgenommen habe und wie viel Geld dafür der Rentenversicherung abgeknöpft werden darf.

Ich wurde blass und versuchte, meine Entlassungspapiere (das hört sich ja an, als wenn ich aus dem Knast entlassen werde) auch ohne Abgabe der blauen Karte zu erhalten. Die Dame sagte nicht Nein, aber ihr Gesicht war ausdruckslos und eher gelangweilt, als wenn sie sagen wollte: „Immer wieder dieser Mist!

Ich rühre mich nicht einen Millimeter, ohne die blaue Karte in den Händen zu halten!"

Ok, ich sagte ihr, dass es einen Moment dauern würde, bis ich die blaue Karte gefunden habe.
Aber das war ihr selbstverständlich auch egal, denn sie sitzt morgen, übermorgen und was weiß ich wie lange immer noch da.
Ich wollte weg, nicht sie!
Und dann ging ich zu meinem Gepäckhaufen und durchsuchte jede Tasche, jeden Koffer und im letzten habe ich die Karte gefunden.

Nun weiß jeder, der mich dabei lächelnd beobachtete, auch wie meine Unterwäsche aussieht und welche Klamotten ich nicht getragen habe, kennt meine Nachtwäsche und so weiter. Mein einziger Lichtblick war, dass Meister Eder und sein Pumuckl dieser Szene nicht beiwohnten und dämliche Kommentare ablassen konnten.

So habe ich mich also genauso eindrucksvoll verabschiedet, wie ich mich vorgestellt habe. Am liebsten hätte ich mir eine Tüte über den Kopf gestülpt!

Gleich werde ich abgeholt, mir geht es wirklich gut, auch wenn ich ausgerechnet heute mit Halsschmerzen und Schnupfen aufgewacht bin.

Ich bin sehr zuversichtlich, was die Zukunft betrifft, bin voller Pläne und auch bereit, mich mit Energie wieder in das Leben zu stürzen.

Ich freue mich auf meine Familie, meine Freunde, meinen Sport, meine kreativen Freizeitinteressen und natürlich auf Chris, der hoffentlich endlich bald mal hier aufschlägt, weil ich nach Hause will!

Viele liebe Grüße sendet Dir Deine
Liz

PS: Eigentlich wollte ich den Brief noch vor meiner Abreise im Örtchen zur Post bringen, doch in den letzten Tagen hatte mich wohl die Nervosität gepackt.
Auf dem Weg zur Post, den ich gedankenversunken zurücklegte, fiel mir auf, dass irgendwas fehlt. Ja, und das war der Brief an Dich! Bevor ich zur Post ging, hatte ich noch ein paar Läden aufgesucht und nun galt es, den Laden zu finden, in dem ich den Brief an Dich liegengelassen hatte und zu hoffen, dass er dort auch noch liegt. Diese Suchaktion hat einige Zeit in Anspruch genommen und danach hatte ich wirklich keine Lust mehr zur Post zu traben. Deshalb gibt es ihn jetzt noch mit diesen Zeilen versehen und ich sende ihn von zuhause ab.

PPS: Ich bin inzwischen zuhause angekommen. Marie hat sich gerade per Sms bei mir gemeldet. Es ist 16 Uhr. Sie ist gut zuhause angekommen und hofft, dass ich nicht immer noch in der Klinik stehe und auf Chris warte!
Ha, ha! Sehr witzig!